KB045454

문학이라는

위로

미래의 작가 은하엘에게

문학이라는 위로

삶이 흔들릴 때마다 책을 펼쳤다

은현희 지음

사람in

차례

†

추천사

은현희는 글을 쓰는 작가이면서도 책을 만드는 전문 편집자다. 책에 관해서라면 누구도 따를 수 없는 높은 감식안과 전문적 식견을 자랑한다.

이번에 내는 〈문학이라는 위로〉는 제목 그대로 문학에 관한 에세이다. 가장 자유롭게 쓴 글이지만 어떤 비평적 분석이나 해설보다도 훨씬 깊이 있는 예술적 심미안과 활달한 문체를 자랑한다.

우리가 읽어 왔던 베스트셀러나 화제작에 얽힌 이야기를 새롭게 풀어내어 다시 그 책들을 열어보게 만드는 묘한 매력을 갖고 있다. 그것이 바로 이 책의 미덕이고 은현희의 글이 지닌 숨은 힘이다.

- 권영민(문학평론가, 서울대학교 명예교수)

이 책은 단순한 세계문학 리뷰가 아니라 '은현희'라는 작가가 작가로서 성장해 오는 과정에서 만난 명작들과의 교감을 그대로 담았다. 그러니까 은현희의 성장기와 다름없는 책이라 할 것이다.

　무엇보다도 문장에 생동감이 있다. 힘이 느껴진
다. 문체를 가졌음이리라. 그러한 그녀의 문장이 우
리를 세계문학 속으로 빠르게 안내한다. 그녀의 문장
은 우리에게 삶에 대한 새로운 개안을 주고 희열을 선
물한다.

　오늘날 젊은 세대들은 소설을 잘 읽지 않는다고 한
다. 그러한 젊은 세대들이 은현희 작가의 이 책을 읽는
다면 그들 또한 문학과 인생에 대한 새로운 해석을 가질
것이며 정서적 위로나 기쁨까지 더불어 갖게 될 것이다.

- **나태주** (시인)

　공부에만 매몰되어 살았던 고등학교 시절, 내가 어
떤 어른이 될지 막막하던 의예과와 의과대학 학생시
절, 그리고 자주 격무에 시달리던 의사생활 중, 이 책
에 소개된 현대인을 위한 세계문학 작품들은 나를 위
로해준 신실한 친구였고 활력소였고 내 생을 안전하
게 인도해준 등불이었다.

- **마종기** (시인, 의사)

나를 위로하고 나와 동행할
감동과 환희의 문장들

페루 출신의 작가 마리오 바르가스 요사는 평소 "문학의 원료는 불행"이라는 말을 하곤 했다. 노벨문학상을 받은 해에 이전 수상자인 독일 작가 헤르타 뮐러와 한 인터뷰에서도 "문학은 고통을 향유하는 것"이라고 말했다. 그러면서 "불행을 읽고 있는 사람이 삶을 영유할 수 있는 조건들을 만들어 간다"라고 덧붙였다.

훌륭한 작가들은 자신이 삶에서 고통스럽게 발견한 비밀들을 타인의 이야기를 빌려 독자들에게 들려주기도 한다. 작가들은 그래서 자신의 불행조차도 정면으로 응시하고 이것을 질료로 사용해 예술을 통해 형상화하는 희생적인 존재로 규정되기도 한다. 도스토옙스키도 "내가 세상에서 가장 두려워하는 일은 나의 고통이 가치 없는 것으로 변해버리는 일이다"라고 했다.

우리는 문학 속에서 타인의 불행과 고통을 통해 그것의 가치가 무엇인가를 곰곰이 생각해 본다. 작가의 시선을 통해 타인의 불행을 응시하는 태도를 배우기도 한다. 그러면서 그들의 인생을 목격하고 간접적으로나마 기꺼이 그들의 고난과 동행하면서 어둠 너머에 있는 출구를 향해 나아간다.

책을 읽다 보면 종종 시간을 잊는다. 지금이 몇 시쯤인지, 며칠인지, 오늘이 금요일 저녁인지 토요일 아침인지, 창밖 어스름한 빛이 황혼인지 아침놀인지 잠시 막막해진다. 일어나서 거울에 비친 얼굴을 가만히 들여다본다. 왠지 머리카락은 하얗게 세고 턱에는 구레나룻 같은 수염이 돋아있을 것만 같아서다.

세계문학을 읽는 동안 나는 시공을 초월해 낯선 세계를 여행하는 기분을 느낀다. 내가 도착한 신세계에는 언제나 소중한 무언가를 상실하고 방황하는 사람들로 가득하다. 돌이킬 수 없는 실수로 몰락하거나 사랑하고 신뢰했던 이들에게 뼈아픈 배신을 당한 이들, 권력에 의해 짓밟히고 보이지 않는 폭력에 부서지는, 비참하고 불행하고 상처받은 사람들 말이다. 그곳은, 달콤한 속삭임 속 속임수가 난무하고, 거짓과 기만, 고통의 악몽이 화로 속 마른 장작처럼 활활 불타오르는 타인의 인생 한복판이다. 여기서 나는 영혼에 화상을 입은 사람들을 만난다. 불꽃과 섬광 속에서 찬란한 생을 살아 낸 사람일수록 손상은 깊고 상처는 쉽게 아물지 않는다. 우리는 언어를 매개로 영혼을 교류하며 서로 살갗에 연고를 발라주고 위로한다. 이 과정에서 공감과 위안을 얻는다. "너도 아주 힘들고 아팠구나"라고.

문학은 우리에게 빛의 속도와 중력을 거스르는 비밀을 알려준다. 시공을 초월해 사랑받는 위대한 고전은 그래서 더욱 신비롭고 고귀한 인류의 자산이다. 우리에게 어떻게 살 것인가, 무엇을 할 것인가, 무엇을 위해 살 것인가 하는 보편적 질문에 대해 숙고할 기회를 주기 때문이다. 잠시 쏜살같이 흐르는 시간을 멈춰놓고 나를 위한 가치 있는 삶이 무엇인지 고민해 본다. 고전을 읽으면 그 답이 조금씩 선명해지는 것 같다.

지금은 세상에 안 계신 내 어머니는 까마득한 옛날의 어느 날 월부책 장수에게 수백 권의 세계문학 전집을 덜컥 구입하시고 아버지와 크게 다투셨다. 하지만 수를 헤아리기도 어려울 만큼 많은 책이 집에 도착한 날, 나는 서가에 꽂힌 금박으로 인쇄된 책등의 제목들을 보면서 눈부시고 황홀한 세계에 숨이 멎을 것만 같았다. 이제 그 책들은 어디론가 사라지고 기억 속에서만 희미하게 빛나고 있지만, 문학이라는 최초의 세계가 보여준 감동과 환희의 순간들은 수십 년이 지난 지금까지도 일렁이는 불꽃으로 가슴속에 살아 있다. 그 따스한 문장들이 앞으로도 살아가는 동안 나를 위로해 주며 동행해 주리라 믿는다.

한 권의 책이 세상의 빛을 보는 것은 작가 한 사람의 능력과 노고로 가능한 일이 아니다.

이 책을 기획해 준 편집자 김효정 차장님과 김현 편집장님, 기회를 주신 박효상 대표님께 감사의 인사를 전한다. 또한 추천사를 써 주신 마종기 선생님과 나태주 선생님, 권영민 교수님께도 말로 다 할 수 없는 깊은 감사와 존경의 마음을 올립니다. 그리고 사랑하는 나의 아들에게.

은현희

인간 자격을 박탈할 권리

부끄러운 일이 많은
생애를 보내왔습니다.
나는 인간의 삶이라는 것을
도무지 알 수가 없습니다.

- 다자이 오사무, 《인간 실격》

며칠 사이에 머리카락이 하얗게 세어 버린 사람들이 있다. 우연히 그런 사람에 관한 이야기를 듣거나 직접 만나게 되면 마치 초자연적인 현상을 맞닥뜨린 것처럼 신비롭게 여겨진다. 그래서인지 주름 하나 없는 얼굴의 백발 이미지는 낯설고 강렬한 여운을 남긴다. 무언가 소중한 것을 상실했거나 체념해 버린, 그도 아니면 세속의 욕망을 초월해 버린 듯한 인상이다.

우리는 때로 극심한 스트레스에 시달린다. 현실의 상황이 불안하고 미래가 암담할수록 매 순간이 고통스럽다. 두려움과 공포, 슬픔과 분노 같은 어두운 감정이 한꺼번에 밀어닥치면 실타래가 풀린 듯 시간의 뭉치가 어느새 반으로 줄어들어 쏜살같이 하루가 지나감을 깨닫는다. 중국의 장자는 인생여백구과극(人生如白駒過隙), 인생은 문틈 사이로 흰말이 지나가는 모습을 보는 것과 같이 빠르다고 했다. 열린 문틈으로 언뜻 흰 말갈기가 보인 듯했는데 다시 보니 아무것도 없다. 마치 인생이란 눈속임처럼 찰나에 휘릭 지나가 버리는 것이라고 경고하는 듯하다.

하룻밤 새 머리카락이 하얗게 세는 증상을 일컬어 '마리 앙투아네트 증후군'이라 한다. 18세기 프랑스의 왕 루이 16세의 왕비로, 오늘날까지도 사치와 낭비의 대명사이자 근친상간 등 온갖 루머의 중심에 있는 인물이다. 앙투아네트는 프랑스 혁명이 발발하자 시민들에 의해 단두대에서 참수당했다. 1793년 10월, 왕비가 형리들에게 이끌려 군중 앞에 나타났을 때 그녀의 외모는 이전과 사뭇 달랐다. 새벽이슬을 머금은 한 송이 장미와 같다고 추앙받던 미모는 온데간데없고, 사형 집행 예고 후 탈모와 탈색이 급속히 진행되어 그야말로 순식간에 초로의 백발이 되어 버린 것이다.

현대 의학은 이런 불가사의한 사례에 대해 여러 가설을 제시한다. 그중 극심한 심리적 스트레스를 받은 뇌의 면역체계가 생성하는 물질이 멜라닌 색소 생성을 방해해 급격한 탈색으로 이어진다는 의견도 있다.

무엇이 우리에게서 빛과 생기를 앗아가는 것일까. 사람은 왜 한순간에 늙어 버리는 걸까. 다자이 오사무의 대표작 《인간 실격》은 그런 인간사의 불행에 관한 근원적 질문을 던진다. 이 작품은 등장인물의 상황과 이야기가 작가의 삶과 일치하는 부분이 많아 자전적인 소설로 분류되기도 한다. 그러므로 작품 속 주인공 요조의 독백은 다자이 오사무 자신의 목소리이기도 하다.

이 작품은 2차 세계대전 후 일본 사회에 드리워졌

던 패전의 암울한 분위기가 그대로 반영된 소설로, 데카당스(Décadence)● 문학의 대표작으로 꼽힌다. 인간 소외 문제를 정면으로 다룬 까닭에 일본 사회에 적잖은 파장을 일으켰다. 고독한 한 젊은이가 방황과 타락의 시기를 거쳐 파멸에 이르는 과정이 세밀하고 충격적으로 그려졌기 때문이다.

다자이 오사무는 일본 문학사에서도 보기 드물게 이름난 명문가 출신의 작가다. 하지만 다자이는 그것이 작가로서 치명적인 콤플렉스라고 여겼다. 좌익 사상이 학생들 사이에 불길처럼 번지고 있던 때였다. 지금 같으면 호사스러운 투정이라고 그를 지탄하는 이들도 있을 테지만, 전후 황폐했던 일본 사회에서 그런 태생적 우월함은 지식인으로서 갖춰야 할 미덕이 아니었다.

인간관계의 두려움과 명망 있는 자본가 집안 출신이라는 신분의 죄의식으로 방황하던 그는 일찌감치 혁명에 뜻을 품고 민중 속으로 들어가려 했지만, 그런

● 프랑스어로 '퇴폐주의'를 의미한다. 19세기 말, 프랑스의 랭보, 보들레르, 말라르메 등의 악마주의와 상징주의의 영향을 받은 시인들이 스스로 데카당이라고 부른 데서 시작됐다. 퇴폐적인 경향 또는 예술운동을 일컫는다.

시도도 끝내 좌절된다. 약물 중독과 거듭되는 자살 미수로 가족에 의해 정신병원에 강제로 입원하게 되면서 다자이 오사무는 자신을 스스로 폐인이라 자처하며 '인간 실격자'라고 선고한다. 이 작품에는 이렇듯 작가의 자전적 요소가 강하게 스며있다.

소설은 머리말과 후기, 세 편의 수기로 구성되어 있다. 각각 수기에는 부유한 대가족 안에서 감정을 숨긴 조숙한 어린아이로 성장하며 광대처럼 살아야 했던 요조의 유년기, 현실을 부정하며 사람들 속에서 살아보고자 술과 친구를 전전했던 청소년기, 위선적인 세상에서 도피하고자 여성 편력과 약물 중독으로 방탕의 나날을 보내다가 자살에 실패하고 정신병원에 갇히는 청년기 이야기가 그려진다.

> 부끄러운 일이 많은 생애를 보내왔습니다.
> 나는 인간의 삶이라는 것을 도무지 알 수가 없습니다.

첫 번째 수기가 시작되는 첫 문장은 작품 전체를 관통한다. 많은 독자에게 사랑받는 이 독백은 강한 울림을 준다. 내성적인 남자의 우울한 심연을 그대로 들여다보는 듯하다.

요조는 대가족이 사는 부잣집에서 태어났지만 그다지 행복하지 않은 유년기를 보낸다. 유약한 본성과 내향적 기질을 타고난 그에게 가부장적 위계 사회가 요구하는 질서는 몸에 맞지 않은 옷을 입은 듯 불편하다.

요조는 중학교에 입학하면서 미술에 흥미를 갖지만 완고한 아버지로 인해 미술학도의 꿈을 포기하고 도쿄의 일반 고등학교에 진학한다. 하지만 아버지 몰래 화방에 드나들고, 그곳에서 미술 공부를 하는 호리키를 만난다. 그에게서 인간과 세상에 대한 공포를 잠시나마 달랠 도피 수단들을 배운다. 매춘부를 만나기도 하고, '공산주의 독서회'라는 비밀 모임에 참석해 이른바 유물론이라는 것을 접하기도 한다. 그것은 요조에게 '비합법(非合法)'과 '음지인(陰地人)'으로서의 편안함을 준다. 그는 당장 공산당원으로 체포되어 종신형을 받는다고 해도 이제껏 살아온 끔찍한 일상보다는 차라리 나을지 모른다고 생각한다.

아버지의 의원 임기가 끝나 혼자 하숙하게 된 요조는 더욱 자유롭고 퇴폐적인 삶에 빠져든다. 그러다가 급속히 친밀감을 느끼게 된 카페 여급 쓰네코와 사귀는데, 수중에 돈이 다 떨어지자 쓰네코와 함께 바다에 투신한다. 그러나 쓰네코만 죽고 요조는 살아남는다. 요조에게 인생이란 미처 다 마시지 못한 한 잔의 압생트(absinthe) ● 같다.

큰 상실감을 느낀 요조는 다시 여러 명의 여자를 만난다. 순결한 어린 소녀 요시코를 만나 잠시나마 삶의 희망을 되찾나 싶지만 그마저도 얼마 가지 못해 끝난다. 요시코조차 오며 가며 드나들던 장사꾼에게 속아 겁탈당한 것이다. 그날 밤부터 요조에게 흰머리가 생긴다. 그는 아무것도 할 수 없는 폐인의 단계에 이르고, 약물에 의지해 하루하루를 산다. 약을 사기 위해 춘화를 모사하는 일까지 하다가 결국 연상의 약국 부인과 불륜 관계까지 맺는다. 절망적인 현실을 비관해 마지막으로 자살을 시도하려 하지만 그마저도 뜻대로 되지 않고 요조는 가족과 친구에게 속아 정신병원에 감금된다.

아버지의 사망 소식을 듣고 고향에 돌아온 지 3년

● 회향, 향쑥 등을 원료로 고농도의 알코올을 부어 추출한 증류수로 제조한 술. 강력한 환각 작용으로 예술의 영감을 자극한다는 속설이 있어 19세기 말, 프랑스 파리의 예술가들 사이에 인기가 높았다.

남짓 시간이 흐른 현재, 그에게는 행복도 불행도 없다.

> 모든 것은 그저 지나갑니다.
> 나는 올해 스물일곱 살이 됩니다. 하지만 흰머리
> 가 엄청 늘어서 사람들은 대개 마흔 넘은 나이로
> 들 봅니다.

이 고백을 마지막으로 요조의 수기는 끝난다. 짙은
허무함이 느껴지는 결말이다.

이 작품은 연재 마지막 회 발표를 남기고 자살한
작가의 충격적인 말로 탓에 더욱 유명해졌다. 자신을
스스로 '인간 실격'이라 낙인찍고 소설 속 주인공과 자
신의 운명을 일치시켜 버린 작가. 다자이 오사무는 그
래서 파괴적이면서도 아련한 슬픔으로 독자의 마음
에 자리한다.

오래된 흑백사진 속 상념에 잠겨 있는 다자이 오사
무의 우수에 젖은 눈빛을 볼 때마다 나는 그와 닮은꼴
인 한 작가를 떠올린다. 《슬픔이여 안녕》을 쓴 프랑스
작가 프랑수아즈 사강이다. 국적도 성별도 다른 두 사
람이지만 그들의 영혼만은 데칼코마니처럼 닮았다.
사강도 복잡한 사생활과 약물 중독으로 정신병원 입

원과 퇴원을 반복하며 젊은 날을 보냈다. 방탕한 생활로 도박 빚을 지기도 했던 그녀는 50대에 마약 복용 혐의로 기소되어 법정에 서서 다음과 같이 말했다.

"타인에게 피해를 주지 않는 한, 나는 나를 파괴할 권리가 있다."

다자이 오사무가 살아 있다면 분명히 그도 사강처럼 말했을 것이다. 사강이 작가로 데뷔하기 전에 요절한 다자이 오사무도 일찍이 프랑스 문학에 관심 가지면서 작가의 길로 들어섰다. 어쩌면 두 사람 사이에 평행 우주의 법칙이 작용하는 게 아닐까. 다자이 오사무는 서른아홉에 세상을 등졌지만, 그의 영혼은 우리 곁에 더 머물러, 미처 다 마시지 못한 압생트를 마시고, 사랑을 하고, 그리고 완성하지 못했던 소설을 마무리하고서야 온전히 떠난 것은 아닐까.

다자이 오사무

1909년 일본에서 태어났다. 본명은 쓰시마 슈지다. 도쿄대학 불문과에 입학했으나 중퇴했다. 첫 번째 작품집인 《만년》이 간행되면서 문단의 주목을 받았으나 수상하지는 못했다. 〈백경〉, 〈달려라 메로스〉 등 유려한 단편을 다수 발표했으며 장편소설 《사양》으로 일본 주류 작가의 반열에 올랐다. 《인간 실격》을 집필한 후 1948년에 저수지에 뛰어들어 생을 마감했다. 《인간 실격》은 전후 일본 문학사에 천만 부라는 놀라운 판매량을 올린 데카당스 문학의 정수로 꼽힌다.

"그러니 너는 망치와 못 다음에
우리가 가장 집중해야 할 것이
무엇이라 생각하느냐?"
아버지는 그렇게 말하고 있었다.
"사랑이요."
벤자민은 대답했다.

- F. 스콧 피츠제럴드,
〈벤자민 버튼의 시간은 거꾸로 간다〉

물결을 거스르는 배처럼

KTX를 탈 일이 생기면 나는 대체로 순방향 좌석을 선호한다. 좌석이 없으면 되도록 다음 시간의 차량을 이용한다. 역방향 좌석에 앉았을 때, 열차가 내가 앉은 방향과 반대로 움직이는 느낌이 시간과 공간을 역행하는 것 같아서 어쩐지 꺼림칙하게 여겨지기 때문이다.

한번은 역방향 좌석에 앉아 장거리 여행을 할 일이 생겼는데 풋잠이 들었다 깨니 희한한 느낌이 들었다. 주위에 앉아 있던 승객들도 모두 다른 사람으로 바뀌어 있고 열차 안의 분위기도 사뭇 달랐다. 그때 옆자리에 앉은 젊은 여자의 흰 손이 내 앞으로 불쑥 뭔가를 내밀었다. 달걀이었다. 고개를 들어 여자의 얼굴을 보니 낯이 익다. 젊은 시절의 어머니다. 기미 하나 없는 생머리의 뽀얀 얼굴을 한 흑백사진 속 어머니가, 입가에 미소를 띠고 앉아 있었다. 결혼하기 전의 어머니는 해맑고 청순한 20대 초반의 모습을 하고 있었다. 나는 소매에 콧물 자국이 엉겨 붙은 스웨터를 입고 있었는데, 달걀을 받으려고 내민 내 손바닥이 달걀 크기만큼이나 작아져 있었다. 꿈이었다. 한낮에 식은땀을 흘리며 꾼 꿈이 어찌나 생생하던지 지금도 잊히지 않는다.

당연하게도, 질주하는 열차의 방향을 바꾼다고 해

서 시간이 거꾸로 흐를 리 없다. 어머니는 돌아가셨고, 나는 그때 어머니 산소가 있는 고향 역을 향해 전속력으로 달리는 열차를 타고 있는, 꿈속의 어머니보다 나이가 많은 중년이었다. 현실은 결코 궤도를 벗어나지 않는다.

"노인으로 태어나 소년으로 늙어 간다"라는 미국 작가 마크 트웨인의 말에 영감을 받아 피츠제럴드가 쓴 〈벤자민 버튼의 시간은 거꾸로 간다〉는 시간의 흐름이 말 그대로 거꾸로 가는 한 사람의 기이한 일생에 관한 이야기다. 배우 브래드 피트가 벤자민 버튼 역할을 맡아 영화로 제작돼 더 널리 알려진 소설이기도 하다. 그러나 소설과 영화는 내용이 매우 다르다. 영화는 소설에서 모티브와 굵직한 캐릭터 정도만 가져왔을 뿐이고, 대부분의 세부적인 내용은 각색을 통해 스토리를 입체적으로 보강했다. 소설은 비교적 단순하고 주인공의 삶 자체에 초점이 맞춰져 있다.

그런데도 이 짧은 소설을 읽고 나면 왠지 모를 슬픔이 찾아온다. 순방향으로 흐르는 시간을 사나 역방향으로 흐르는 기이한 삶을 사나 인간의 생이 덧없기는 마찬가지다. 주변의 모든 사람이 늙어가는데 혼자

젊어진다는 것은 어떤 시점까지는 꽤 매혹적일지 모른다. 하지만 찬란한 전성기가 지나면 공동체 안에서 소외되고 양육자의 법적인 보호 아래 살아야 하는 소년기가 다가온다. 그 뒤에는 평생 쌓은 지식과 경험이 소멸하는 아동기가 기다리고 있다. 그러면 마침내 어느 찬란한 아침 •, 그는 요람에 누워 따뜻한 우유를 마시며 어떤 친숙한 존재가 다가와 중얼거리고 소곤거리는 소리만 간간이 듣다가 잠이 든다. 거꾸로 사는 삶의 마지막 역시 고독하다.

1860년 로저 버튼 부부는 병원에서 첫아이를 낳기로 결정한다. 9월 아침, 버튼 씨는 아내의 출산 소식을 듣고 병원으로 달려간다. 그런데 태어난 아이는 놀랍게도 70세 노인의 외모를 갖고 있다. 백발에 긴 수염까지 바람에 날리며 퉁명스럽게 버튼 씨를 향해 당신이 내 아버지냐고 물어오기까지 한다. 믿을 수 없었지만, 버튼 씨는 늙은 아들을 집으로 데려온다.

벤자민은 딸랑이를 갖고 놀아야 할 시기에 아버지의 시가를 피우다가 들통나지만, 관대한 버튼 씨는 경

• F. 스콧 피츠제럴드, 김영하 옮김, 《위대한 개츠비》, 문학동네, 2009, 225p.

고만 준 채 크게 나무라지 않는다. 하지만 그의 교육 원칙은 아이는 나이에 걸맞은 행동과 놀이를 하며 성장해야 한다는 것이었다. 이미 성숙한 채 태어난 벤자민이라 해도 예외일 수 없었다. 벤자민은 피곤했지만 아버지의 눈높이를 맞추기 위해서는 어쩔 수 없었다. 유년기에는 외모와 신체 능력이 자신과 비슷한 할아버지와 있는 시간이 마음이 편했다. 열두 살 생일이 지나면서는 자신의 모습이 서서히 달라지고 있다는 사실을 알아챘고, 열여덟 살이 되어서는 어느덧 자기의 외모가 쉰 살의 중후한 남자로 변해 있음을 깨달았다. 이즈음 벤자민은 예일 대학에 입학하려고 했지만 중년의 외모 탓에 미친 사람으로 오해받아 조롱거리만 된 후 학교에서 쫓겨난다.

이후 벤자민의 성인 시절 이야기가 펼쳐진다. 사교 클럽 댄스파티에서 우연히 만난 아름다운 여성 힐데가르드 몽크리프와 첫눈에 반해 사랑에 빠진다. 힐데가르드는 벤자민의 원숙한 모습이 마음에 든다면서 그의 청혼을 받아들인다. 아들이 태어나고 철물 사업 또한 황금기를 맞으며 벤자민은 부족할 것 없는 인생을 누리게 된다. 거기다 날이 갈수록 점점 그는 활력과 생동감이 넘쳐 사람들에게 매년 젊어지는 것 같다는 칭찬까지 듣는다. 하지만 그에게 한 가지 근심거리가 있었으니, 그토록 사랑스러웠던 아내가 더 이상 매력적으로 보이지 않는다는 것이다. 권태와 무기력이 찾아오고, 1898년 미국·스페인 전쟁이 발발하자 벤자민은 곧장 입대하여 참전한다. 전쟁터를 종횡무진 누비며 공을 세워 중령으로 퇴역한 후 당당히 집으로 돌아온 벤자민은 갓 스무 살 청년처럼 보인다. 아내 힐데가르드는 마흔의 여인이 되었다. 이후 이야기는 벤자민의 청년기부터 소년기를 거쳐 유아기에 이르는 이야기가 중심이 된다. 육체가 연약해져서 두려움을 느끼는 소년기의 공포와 보호자에게 이해받지 못하는 외로움은 노인들이 처한 상황과 크게 다르지 않다. 결말에 이르러 요람의 신생아에게는 빛과 어둠만 남게 되고 마음조차 희미해져 사라져 버린다.

스콧 피츠제럴드는 미국의 소설가로 윌리엄 포크너와 어니스트 헤밍웨이, 존 더스 패서스 등과 함께 잃어버린 세대(Lost Generation)로 불리며 절망과 허무를 문학에 반영한 젊은 세대 작가로 일컬어졌다. 또 1920년대 재즈 시대를 대표하는 작가로도 명성이 높다. 작품의 치솟는 인기를 누리며 부인이 된 젤다와의 화려한 스캔들로 대중의 주목을 한몸에 받은 동시에 정점에서 추락한 비극적 작가의 표상으로 불리기도 한다. 그러나 후대의 많은 작가와 독자들은 여전히 피츠제럴드에 열광하고 그의 작품은 꾸준히 새로운 세대와 소통하기 쉬운 언어로 번역되어 출간되고 있다. 생전의 피츠제럴드는 늘 유행에 뒤처질까 걱정했지만, 그는 이제 막 등장하는 신예 작가들과 활발히 경쟁하는 빼어난 고전 작가 중 한 사람이다.

시간이 거꾸로 흘러 중간 지점에서 한 사람을 만날 수 있다면, 나는 십 대의 내 어머니를 만나고 싶다. 따사로운 어느 봄날 오후, 당신과 함께 손잡고 시내에 있는 서점에 들어가 시집 한 권 사 드리고 싶다.

지방의 작은 소도시에서 자란 어머니는 처녀 시절부터 라디오를 책상 앞에 두고 국내 가수의 노래나 팝송 가사를 베껴 쓰는 게 취미였다. 초등학교 때 우연히 어머니의 반닫이 깊숙한 곳에서 우르르 쏟아져 나온 작은 스프링 노트들을 기억한다. 그야말로 브리태니커 사전 한 세트를 만들고도 남을 만큼의 엄청난 분량이었다. 파란 볼펜으로 또박또박 쓰인 글씨들은 파란색 물망초 꽃송이처럼 작고 사랑스러웠다.

고등학교에 진학하지 못한 어머니는 서점에 들어가 책을 사는 것이 영 불편했다고 한다. 중학교 동창이라도 만날까 어색하고, 왠지 평소 어울리지 않는 행동을 하는 것 같아 서점 앞을 지나가며 진열대에 놓인 신간 표지만 쓱 보고 지나치기 일쑤였다. 하지만 어머니는 노트에 쉼 없이 글 쓰는 것이 좋아 외삼촌에게 필기도구와 노트를 사다 달라고 부탁했다. 그때 만일 시집이라도 한 권 있었다면 엄마는 한 달도 안 돼 그것을 통째로 외워 버렸을 거라고 말했다. 시간을 역주행해서 소녀 시절의 어머니를 만나 시집을 두어 권 안겨드릴 수 있었다면, 지금 당신의 묘비에는 여름 물망초 같은 고운 시가 화르르 피어 있을지도 모르겠다는 상상을 해 본다.

우리는 시간을 거슬러 거꾸로 갈 수 없지만, 이미 그 시간을 지나온 많은 사람이 들려주는 이야기만으로도 충분히 다가올 시간을 준비할 수 있다. 너무 이르거나 이미 늦어버린 일은 없다. 아직 하지 않은 일만 있을 뿐이다. 다음은 《위대한 개츠비》의 마지막 문장이자 피츠제럴드의 묘비명에 적힌 문장이다.

그러므로 우리는 물결을 거스르는 배처럼, 쉴 새 없이 과거 속으로 밀려나면서도 끝내 앞으로 나아가는 것이다.

F. 스콧 피츠제럴드

1896년 미국에서 태어났다. 프린스턴 대학에 입학했으나 졸업하지 못했다. 1919년 자신의 프린스턴 시절 이야기를 그린 재기 넘치는 장편소설 《로맨틱 에고이스트》가 《낙원의 이쪽》이라는 제목으로 스크리브너에서 출간되어 어마어마한 성공을 거두었다. 1925년 대표작인 《위대한 개츠비》를 발표하며 문단의 총아로 떠오른 그는 T. S. 엘리엇, 거트루드 스타인 등 당대 최고의 작가와 평론가들로부터 '문학적 천재'라고 칭송받았다. 작가로서 그가 누린 명성은 오늘날 할리우드 스타 못지않았다. 1934년, 9년 만에 장편소설 《밤은 부드러워》를 출판했다. 이 작품은 훗날 《위대한 개츠비》와 함께 '랜덤하우스 선정 20세기 영문학 100선'에 올랐다. 할리우드 영화계 이야기를 담은 《마지막 거물의 사랑》을 집필하던 중인 1940년 심장마비로 사망했다.

생존의 주도권을
타인이 아닌 내가 갖고 있다고
생각하는 순간,
나는 새로운 삶의 자신감과
의욕을 되찾는다.

— 아베 코보, 《모래의 여자》

모래 수렁에서 탈출하는 방법

참으로 오랜만에 영화를 여러 번 반복해서 보았다. 박찬욱 감독의 〈헤어질 결심〉이라는 영화다. 안개 가득한 지방 도시를 배경으로 이야기가 펼쳐지는데, 영화에서 가장 인상적인 지점은 여주인공 서래의 죽음을 암시하는 결말 부분이었다.

서래는 해변에 모래 구덩이를 파고 들어가 밀물 때를 기다리며 바다 밑바닥에 자신의 삶을 매장한다. 구덩이 위로 파도가 밀려오고 곧 시퍼런 바다의 수심이 그 자리를 차지한다. 자신을 스스로 매장하면서 완전히, 흔적도 없이, 사라진다는 것. 이 장면은 오랜 잔상과 여운을 남겼다. 동시에 이 엔딩은 아베 코보의 소설 《모래의 여자》를 떠오르게 했다. 《모래의 여자》는 '모래 구덩이에 갇힌 남자'라는 설정으로 인간 존재에 관한 철학적인 질문을 던지는 독특한 작품이다.

어느 날, 한 남자가 행방불명된다. 실종 신고를 한 아내는 경찰에게 남편이 곤충채집을 하러 갔을 거라고 말한다. 사실 남자는 의도적으로 목적지를 알리지 않고 떠난 것이다. 일상을 벗어나 한 번쯤 자신이 연기처럼 사라질 수 있음을 사람들에게 보여주고 싶다는 이유로.

그러나 남자는 예기치 못한 상황에 직면하게 된다. 드넓은 사막 같은 모래 지형에 들어서면서 길을 잃어버리는데 그곳 주민인 듯 보이는 사람들에게 속아 설상가상 싱크홀처럼 깊고 커다란 구덩이 속에 빠져 버린 것이다. 알고 보니 그들은 일부러 그를 함정에 밀어 넣은 것이었다. 사구(沙丘) 속에 자리 잡은 집들은 대부분 같은 구조여서 한 집이 무너지면 도미노처럼 연달아 모든 집이 영향을 받기 때문에 마을 사람들은 생존을 위해 쉼 없이 모래를 퍼 날라야 했다. 말하자면 자신들이 살기 위해 범죄를 묵인하는 운명 공동체인 셈이었다.

　　남자가 감금된 구덩이 안의 살림집도 형편은 마찬가지였다. 거기에는 자신과 처지가 같은 여자 하나가 살고 있는데 여자는 이미 모든 것을 체념한 듯 구덩이 안의 생활에 익숙해져 있었다. 남자는 여러 번 필사적으로 탈출을 시도하지만 단 한 번도 성공하지 못한다. 그러다 46일 만에 극적으로 지상에 올라서고, 어둠을 뚫고 죽을힘을 다해 달리다가, 순간, 그는 깨닫는다. 자신이 계속 같은 곳을 맴돌고 있다는 사실을. 어느 순간 뒤돌아보니 쫓아오던 추격자들이 한 명도 보이지 않았다. 다음 순간, 그는 자신이 교활한 유인책에 완전히 속아 넘어갔음을 알게 된다. 땅이 푹 꺼지더니 발목부터 정강이까지 서서히 몸이 모래 속에 잠겼다. 모래 수렁에 빠진 것이다.

그는 자신을 쫓던 추격자들을 향해 소리친다. "살려줘, 제발 살려줘! 살려준다면 뭐든 다 할게." 어둠 속에서 로프 하나가 날아온다. 남자는 하늘에서 추락하는 자기의 별을 붙잡는 심정으로 줄을 잡는다.

탈출에 실패한 뒤, 남자는 모래 구덩이에 적응하며 차차 주어진 삶에 순응하는 법을 배운다. 반복적인 일상에서 나름의 보람을 느끼며 생활에 필요한 장치들을 고안하고, 매일 먹는 음식에서 새로운 맛을 느끼기 위해 요리 방법을 만들어 내기도 한다. 그러던 중에 스스로 생각해도 놀랍고 위대한 성과인 모래의 모관현상을 이용한 유수 장치를 개발하기에 이른다. 마을 사람들에게 굴욕감을 느끼며 부탁하지 않아도 독립적으로 마실 물을 확보할 수 있게 된 것이다.

갈증이 해결되자 남자는 급히 탈출해야 한다는 생각을 버린다. 오히려 마을 사람들에게 한시라도 빨리 유수 장치의 발명을 자랑하고 싶은 마음에 가슴이 터질 것만 같다. 도주는 그다음 날 차차 준비해도 무방한 것이다.

생존의 주도권을 타인이 아닌 내가 갖고 있다고 생각하는 순간, 나는 새로운 삶의 자신감과 의욕을 되찾는다. 내가 내 목숨을 구제하고 타인의 삶까지 돌볼 수 있는 존재가 되었다는 것의 의미만으로도 나는 어제와 완전히 다른 세계 속에 숨을 쉬고 있는 것이다.

그는 이미 탈출에 성공한 것이나 마찬가지였다. 소설 속에서 작가인 아베 코보는 말한다. '남자는 모래 속에서 물과 더불어 또 하나의 자신을 찾아냈는지도 모른다'라고.

아베 코보의《모래의 여자》는 생존 다툼으로 치열한 도시를 떠나 실종된 한 남자의 이야기다. 도시란 어떤 곳인가. 길도 집도 모든 것이 콘크리트로 이루어진 삭막한 공간이다. 모두가 살기에 바빠 서로의 안부를 물어볼 틈도 없다. 이해관계를 떠나서 서로의 존재에 관심조차 없다. 남자는 자신도 어느 날 사라질 수 있는 존재임을 한 번쯤 보여주고 싶어 일부러 목적지도 알리지 않고 무작정 현실을 떠나왔다고 말한다. 일순간 사람들의 시야에서 사라짐으로써 관심받고 싶었던 것. 하지만 그런 적자생존의 싸움터인 도시를 떠나왔는데 아이러니하게 다시 모래 공동체라는 이상한 마을에 고립되었다. 그리고는 그곳에서 자신을 함정에 빠트린 마을 사람들에게 감시받는다. 관심을 받고 싶어서 떠났는데 감시받는 신세로 전락하고 말았다.

그는 모래 구덩이 속을 빠져나갈 궁리만 하고 살아간다. 오로지 살기 위해 모래 마을에서 탈출해야겠다는 생각뿐이다. 그토록 벗어나고 싶었던 도시를 그리워하면서 끊임없이 탈출을 모색하고 시도한다. 그러나 마지막에는 마을을 벗어날 기회가 주어졌는데도 스스로 모래 구덩이 속의 삶을 선택한다.

한 편의 우화 같은 이 이야기에는 모래가 지닌 성질에 대한 묘사가 많다. 이를 통해 보건대 사막의 모래는 미세한 굴곡으로 쉼 없이 꿈틀거리며 움직인다. 바람과 함께 소리없이 이동하며 수렁과 벼랑을 만들고 미로를 그린다. 그야말로 압도적으로 거스를 수 없는 불가항력의 존재 그 자체다.

자연의 힘이 얼마나 강한지, 모래가 알고 보면 얼마나 무서운 파괴력을 지녔는지를 알 수 있다. 모래는 자연이면서 동시에 문명의 상징이기도 하다. 도시 곳곳을 둘러보면 온통 회색 콘크리트 건물이다. 하지만 우리는 콘크리트의 70퍼센트가 모래로 이루어져 있다는 사실에는 그다지 관심이 없다. 게다가 반도체의 주원료인 실리콘도 모래에서 추출한다. 휴대전화, 컴퓨터뿐만 아니라 우리가 사용하는 온갖 가전제품에도 모래의 성분이 포함된 셈이다.

우리 삶은 이미 모래에 둘러싸여 있다. 비틀어 보면, 도시를 떠나 모래마을에 갇힌 주인공과 별반 다를 바 없는 신세다. 소설 속 남자는 모래 구덩이에서 쉴 새 없이 탈출을 시도하고, 모래마을을 벗어나려 몸부림치다가, 같은 곳을 빙빙 돌며 결국, 모래 수렁에 다시 빠진다. 그는 모래 구덩이에서 뭔가를 깨닫는다. 유수 장치가 그것이다. 새로운 발명을 하고 나서 그는 도주할 생각이 없어진다. 나가도 그만이고 안 나가도 그만이다. 왜냐면 그에게는 이미 새로운 삶이 도래했으므로.

소설은 말한다. 우리는 영원히 모래 수렁 같은 현실을 벗어날 수 없다고. 아베 코보가 제안하는 모래마을의 탈출법은 오직 하나다. 모래 구덩이 속에서 스스로 정신적인 자유를 찾을 것. 씁쓸한 우화 같은 이야기지만 아니라고 부정할 수도 없다. 우리는 이미 모래가 이룩한 문명 속에 산다. 문명 밖으로 도망친다 해도 결국 방식만 다를 뿐, 또 다른 문명 속에서 살아야 한다. 문명을 탈출하는 방법은 오직 내 생각을 바꾸는 것뿐이다. 그 속에서 부대끼며 살아가면서 새로운 기쁨을 찾아야 한다.

때때로 연기처럼 사라지고 싶고, 정처 없이 어딘가로 떠나고 싶다. 수시로 내가 불행하다고 생각한다. 하지만 작가는 그것이 인간으로서 지극히 정상적인 고통이며 특별히 나쁜 것만은 아니라고 우리를 위로한다.

아베 코보

1924년 일본에서 태어나 1993년에 사망했다. 초현실주의적인 수법으로 인간 소외, 정체성 상실 등 현대사회의 문제를 심도 있게 파고든 실존주의 작품들을 남겼다. 일본의 카프카라고도 불린다. 《모래의 여자》는 일상에서 도피하기 위해 떠났다가 또 다른 일상의 반복에 갇힌 남자의 이야기로, 아베 코보는 이 소설을 통해 일약 세계적인 작가로 급부상했다. 《모래의 여자》는 이후 20여 개 언어로 번역되었으며 1963년 요미우리 문학상, 1968년 프랑스 최우수 외국문학상을 받았다. 주요 작품으로 《타인의 얼굴》, 《불타버린 지도》, 《벽》, 《상자인간》 등이 있다.

산에 핀 제비꽃이 바위를 부순다

난 언제나
타인의 친절에
의지해 왔어요.

- 테네시 윌리엄스,
《욕망이라는 이름의 전차》

'The violet in the mountains have broken the rocks(산속의 제비꽃이 바위를 깨뜨렸다).'

미국의 극작가 테네시 윌리엄스의 묘비명이다. 바이올렛(violet)은 우리말로 제비꽃이다. 셰익스피어의 《햄릿》에도 다음과 같은 문장이 나온다.

"오필리아를 땅속에 매장하라. 그녀의 아름답고 순결한 육체에서 제비꽃이 나올지도 모르므로……."

제비꽃은 푸른빛을 띠는 보라색 계열의 작고 귀여운 꽃으로 햇빛이 잘 들고 건조한 산속 바위 틈새에 많이 핀다. 강남 갔던 제비가 돌아온다는 봄에 첫 꽃망울을 터뜨리는 꽃이어서 제비꽃이라고 부른다.

유독 많은 명사와 예술가들이 이 꽃을 사랑했다. 한없이 여리고 소박해 보이지만, 제비꽃은 테네시 윌리엄스의 묘비에 새겨진 글귀처럼 바위틈에 뿌리를 내리고 자라 오랜 세월이 지난 뒤에 돌을 쪼개 내는 위력을 발휘한다. 물방울처럼 말이다. 테네시 윌리엄스의 인생과 그가 만들어 낸 작품 속의 인물들을 생각하면 제비꽃이라는 은유가 더할 나위 없이 잘 어울린다.

테네시 윌리엄스는 1911년 미시시피주에서 태어났다. 본명은 토머스 러니어 윌리엄스로 필명 '테네시'

는 미국의 주 이름인 '테네시주'에서 따왔다. 여덟 살 때 구두 외판원이었던 아버지가 제화 회사의 지점장으로 승진하자 아버지를 따라 도시로 이주했다. 전원에서의 평온한 삶과는 달리 도시 빈민가의 하루하루는 생존을 건 전쟁터였다. 사투리를 쓰는 남부 소년 윌리엄스는 쉽게 적응하지 못하고 외로운 나날을 보내며 독서와 글쓰기에 몰입했다. 이어 미주리 대학에 입학해 잠시나마 대학 생활의 자유를 맛보기도 하지만, 아버지는 그런 아들을 탐탁지 않게 여겨 대학을 관두게 하고 제화 회사의 창고지기로 취직시킨다. 대공황이 한창인 시절이었고, 윌리엄스의 아버지는 가족을 부양하는 것이 더 가치 있다고 믿는 사람이었다.

윌리엄스는 현실을 순순히 받아들이면서도 오직 생존을 위해서만 고투하는 삶에 최고 가치가 있다고 여기지 않았다. 그는 주말 휴일은 물론이고 야간작업이 있는 평일에도 집에 돌아오면 어김없이 시와 소설, 희곡 등 다양한 장르의 글을 쓰며 문학에 대한 꿈을 키워 나갔다. 그 시기에 쓴 작품이 바로 그에게 최초의 명성을 안겨준 희곡 《유리 동물원》이다. 《유리 동물원》은 뉴올리언스의 제화공 시절의 체험과 척박한 도시 빈민가의 생활이 녹아 있는 수작이다.

평단의 찬사와 독자들의 환호 속에서 성공적으로 작가 데뷔를 한 윌리엄스는 아이오와 대학교에서 영문학 공부를 다시 시작한다. 이후 그는 자신이 동성애 성향임을 알게 된다. 성 정체성에 대한 고민으로 술과 환락에 빠져 살다가, 다시 내면의 목소리에 진지하게 귀를 기울인다. 그렇게 희곡《욕망이라는 이름의 전차》가 탄생했다.

초고 제목이《포커의 밤》이었던《욕망이라는 이름의 전차》에는 거친 일상을 사는 단순하고 본능적인 성격의 인물들이 도박하는 장면이 지속적으로 묘사된다. 어쩌면 테네시 윌리엄스가 보여준 이러한 풍경들이 당시 미국 사회의 가장 솔직한 단면이었을 것이다. 그래서인지 이 작품은 무대에 처음 올려진 이후 855회나 연속 공연되는 기염을 토하며 승승장구한다. 이후 브로드웨이의 연일 매진 공연으로 놀라운 성공을 거두며 할리우드에서 영화로도 제작되었다. 덕분에 테네시 윌리엄스는 퓰리처상을 받았고, 유진 오닐의 계보를 이어 미국 문학계를 대표하는 중요한 작가로 부상했다. 그가 그려낸 '블랑시'라는 캐릭터도 한 세기를 풍미한 문학사 속의 주인공으로 당당히 이름을 남겼다.

블랑시가 미치에게 자기 이름을 설명해 주는 장면이 있다. '블랑시 두보아'란 프랑스식 이름인데, 두보아는 숲을, 블랑시는 흰색을 의미하며 두 글자를 합치면 '하얀 숲'이 된다는 것이다. 그녀는 미치에게 봄날의 과수원을 연상해 보라고 쾌활하게 말하지만, 하얀 숲의 이미지는 봄날보다는 어쩐지 겨울의 쓸쓸한 자작나무 숲을 떠올린다. 블랑시가 바라는 환상과 현실의 괴리감을 잘 보여주는 대목이다.

이 작품은 그간 보지 못했던 독특한 성격의 존재감 강한 여성 캐릭터가 등장하여 논쟁을 일으킴과 동시에 유명해졌다. 테네시 윌리엄스가 창조한 블랑시 두보아는 도덕적인 기준으로 보면 퇴폐적이고 타락한 인물이지만 자의식이 강하고 영혼이 깨어 있는 감성의 소유자다. 반면 작은 것에도 상처받는 유리 같은 존재여서 때로는 히스테리와 욕망을 절제하지 못해 스스로 부서져 버릴 것만 같다. 불안하고 혼란스러운 정신세계를 지닌 블랑시는 하나의 색채가 아닌 햇빛이 분광기를 투과해 발산하는 스펙트럼처럼 여러 개의 빛을 내는 종잡을 수 없는 인물이다. 누구에게도 이해받지 못했지만 동시에 모두가 그럴 수도 있겠다고 공감할 법한, 그런 인간적인 존재다.

테네시 윌리엄스는 "내가 바로 블랑시 두보아"라고 했다. 블랑시는 알코올 중독, 자폐증, 가족 간의 불화, 동성애, 정신 분열을 앓던 누나, 지긋지긋한 가난 등으로 평생 불안과 고뇌 속에 살았던 작가 자신의 인생을 그대로 투영한 인물이다.

이야기는 블랑시가 미국 남부 '벨 리브(아름다운 꿈이라는 뜻)' 농장의 하얀 기둥의 저택인 고향 집을 떠나 여동생 스텔라 부부가 사는 뉴올리언스 집을 찾아오면서 시작한다. 동생이 알려준 주소로 찾아왔지만, 막상 도착해 보니 빈민가인 데다가 집들은 초라하기 짝이 없다. 흰 정장에 진주 목걸이와 귀걸이를 하고 우아하게 골목을 걷던 블랑시는 자신의 눈을 의심한다. 길을 잃었냐는 행인의 물음에 그녀는 신경질적으로 대답한다. 사람들이 알려준 경로대로 전차를 타고 환승한 후 정확하게 목적지에서 내렸다고. 블랑시가 맨처음 탄 전차의 이름은 '욕망'이었고 그다음 갈아탄 전차는 '묘지'였다. 도착한 곳은 여섯 블록 지난 후 정차한 '극락'역이었다.

행인은 대답한다. 이곳이 블랑시가 찾는 극락이 맞다고. 블랑시가 동생 스텔라가 사는 집의 번지수를 묻자 그는 인근의 한 허름한 집을 가리킨다.

스텔라는 방이 두 개밖에 없는 집에서 문조차 제대로 갖춰지지 않은 곳에 침대를 펴고 언니의 임시 거처를 만들어 준다. 폴란드 노동자 출신의 외판원인 스탠리와 결혼해 고향을 떠난 스텔라는 임신한 상태이고, 남편에게 폭행당하며 살고 있다.

스탠리는 처음부터 허영심 많고 수시로 거짓말하는 블랑시를 못마땅해한다. 또, 부모님이 돌아가신 후 막대한 빚을 상속받아 어쩔 수 없이 빚쟁이에게 농장과 집을 넘겼다는 블랑시를 의심한다. 하지만 그녀의 가방에서 나온 것은 이미 쓰레기가 되어 버린 조잡한 문서들과 모조 액세서리들뿐이다. 그런데도 블랑시는 텍사스에 사는 백만장자가 곧 자기를 데리러 올 거라고 거짓말을 해 스탠리에게 완전히 신뢰를 잃는다. 그녀는 사사건건 예전의 벨 리브의 생활수준과 가문의 영광을 들먹이며 노동자 스탠리의 자존심을 짓밟는다.

하지만 결국 스탠리의 뒷조사로 모든 것이 밝혀진다. 고결한 척했던 블랑시가 사실은 복잡한 남자관계 때문에 고향에서 추방되었으며, 그 뒤로 플라밍고 호텔에서 여러 남자와 관계를 맺으며 지내왔음이 드러난 것이다. 블랑시는 스탠리의 친구인 미치와 함께할 미래를 꿈꿨으나, 스탠리의 폭로로 그마저도 처참하게 박살난다.

블랑시에게는 사실 상처받은 과거가 있었다. 하지만 아무도 그것을 이해해 주지 않았다. 순수했던 시절, 어린 블랑시는 한 소년과 사랑에 빠져 결혼했는데 알고 보니 그는 동성애자였다. 남편은 블랑시에게 외도를 들킨 후 급작스럽게 자살해 버렸다. 이후 그 충격 때문에 블랑시는 정신적 방황을 시작하며 문란한 생활을 시작하는데 학교에서 자신의 남편과 비슷한 또래의 학생과 부적절한 관계를 맺다가 발각돼 고향에서 쫓겨났다. 그때부터 인생의 궤도가 어긋나버린 것이다.

블랑시는 미치에게 결별을 통보받고 동생 스텔라마저 출산을 위해 급히 집을 떠나자 정신이 혼란한 상태에서 설상가상 스탠리에게 강간당한다. 정신 분열 증상을 보이는 블랑시는 정신병원에 끌려가면서, 자신을 데려가는 의사의 팔에 바짝 기대어 당신이 누군지 모르지만, 자기는 언제나 타인의 친절에 의지해 살아왔다고 말한다.

블랑시가 떠나고 새 생명이 찾아온 집에서 스탠

리는 평소처럼 포커를 즐긴다. 타인의 친절에 의지하며 살아왔던 블랑시가 마지막 희망을 걸고 찾아온 스텔라에게서까지 버림받는 장면은 서늘한 아픔을 자아낸다. 마치 더 이상 벨 리브 시절처럼 아름다운 때는 없을 거라고 속삭이는 악마의 목소리가 들리는 듯하다.

블랑시는 지금도 세계의 많은 작가와 배우들이 사랑하는 캐릭터다. 매년 당대 최고의 실력 있는 배우들이 이 배역을 맡기 위해 밤새워 대본을 외우고 오디션을 본다. 나 역시 세계문학 중에서 강렬한 인상으로 남은 주인공을 꼽으라면, 어김없이 블랑시를 꼽을 것이다. 책을 펼치면 스프링처럼 그녀의 목소리가 튀어나올 것만 같다.

테네시 윌리엄스

20세기 미국의 극작가. 1911년 미국에서 태어나 1983년에 사망했다. 자전적 요소가 짙은 작품인 《유리 동물원》으로 뉴욕 극 비평가상을 받고, 《욕망이라는 이름의 전차》로 퓰리처상과 뉴욕 극 비평가상을 받아 주목받는 작가의 반열에 오른다. 유진 오닐 이후 최고의 미국 극작가라 불리게 된다. 1955년에는 《뜨거운 양철지붕 위의 고양이》로 퓰리처상을 재수상하고 뉴욕 극 비평가상을 동시에 받는 큰 쾌거를 달성한다. 이후 현대사회와 인간의 본성을 적나라하게 드러내는 작품을 꾸준히 썼다. 그의 죽음은 미스터리하기로 유명하다. 뉴욕의 한 호텔에서 정장을 입은 채 숨을 거두었는데 그의 목에는 안약 병의 플라스틱 뚜껑이 목에 걸려 있었다. 그것이 와인병의 코르크 마개라는 설도 있다. 생전의 윌리엄스가 술을 몹시 즐겼던 애주가였기 때문이다.

행복한 가정은
모두 고만고만하지만
무릇 불행한 가정은
나름나름으로 불행하다.

———————————

- 레프 톨스토이, 《안나 카레니나》

행복과 불행은 동전의 양면

19세기 러시아 문학을 대표하는 거장을 꼽으라면 대다수가 주저하지 않고 톨스토이와 도스토옙스키를 말할 것이다. 이들은 출신부터 달랐다. 톨스토이는 부유한 백작 가문에서 태어나 생활하는 데 어려움이 없었던 반면, 도스토옙스키는 평생 빚과 생활고, 병마에 시달리는 불안한 삶을 살았다. 그런 까닭에 두 사람의 작품 세계는 확연히 다른 특징을 보인다. 톨스토이가 현실적이고 지극히 사실적인 문학에 기반을 두고 있다면, 도스토옙스키는 추상적이고 철학적이며 좀 더 사상적인 관념의 문학을 추구했다.

　톨스토이의 인생 전반은 비교적 평온했고, 인생 후반기에 이르러 정신적 문제에 직면해 어려움을 겪었다. 종교 문제와 부인 소피아와의 갈등이 주원인이었다. 게다가 소설 《부활》에서 러시아정교회를 비판했다는 이유로 종무원에서 파문당하고, 재산과 저작권 문제로 가정불화가 심해지면서, 톨스토이는 방랑길에 오른다. 그러다가 82세의 나이로 아스타포보 역의 관사에서 폐렴으로 숨을 거둔다.

　평생 무엇 하나 부족한 것 없는 귀족으로 살며 물려받은 땅과 저택에서 부와 명예를 누리고 살았던 톨스토이는 한때 사랑하는 아내 소피아와 함께 열세 명의 자녀를 낳으며 행복한 결혼생활을 했다. 소피아도 자신의 일기에서 톨스토이와 가장 행복했던 시기는 그가 대작 《전쟁과 평화》와 《안나 카레니나》를 집필했을 때라고 술회하고 있다. 오직 소피아만이 알아볼 수 있었던 톨스토이의 악필 초고를 옮겨 쓰면서 하나 됨을 느꼈다고.

톨스토이 또한 마찬가지였다. 그는 《안나 카레니나》의 레빈의 삶을 전원에 사는 자신의 삶에 빗대어 표현했다. 톨스토이는 레빈과 키티 부부의 싸움 뒤 대화를 통한 관계 회복과, 키티의 출산이라는 사건을 통해 새로운 생명성과 성장의 가능성을 묘파했다. 톨스토이에게 이것이야말로 자연과 조화롭게 어우러진 인생의 풍요로운 참모습이었다.

만년에 이르러 톨스토이는 종교와 사상의 심연에서 긴 사색의 시간을 보낸다. 이 '회심'의 시기가 지난 후 그는 금욕주의를 선언하면서 소설을 통해 사회의 통념과 금기를 깨며 여성의 인권에 대해 발언하기 시작했지만, 정작 가장 가까이에 있는 자기 아내의 상태에 대해서는 무감각했다. 그 사이 소피아의 소외감과 외로움은 점점 깊어져 병이 되어 가고 있었다.

톨스토이와 소피아의 마지막은 《안나 카레니나》

의 이상적인 부부 레빈과 키티의 모습이 아니라 안나와 그녀의 남편 카레닌 또는 안나와 브론스키 커플과 더 닮아 있었다. 어쩌면 결혼생활이란 완전한 행복만 보장될 수도 없고, 불행으로 점철된 것만도 아닐 것이다. 그것은 어디로 가야 할지 그 방향을 내내 고민해야 하는 기차선로의 딜레마 같은 것인지도 모른다.

《안나 카레니나》는 두 줄기의 굵직한 이야기가 주요 맥락을 이룬다. 안나와 브론스키의 이야기와 키티와 레빈 부부의 이야기가 그것이다. 그들을 에워싼 많은 주변 인물이 등장하는데, 대부분 그들과 가족으로 엮인 사람들이다.

행복한 가정은 모두 고만고만하지만 무릇 불행한 가정은 나름나름으로 불행하다

이 작품의 첫 문장은 간소하지만, 의미와 깊이 면에서 이보다 공감을 주는 소설 도입부는 없을 것이다.

외도로 위기에 몰린 오빠 부부의 가정 문제를 상담해 주고자 잠시 모스크바에 들른 안나는 기차역 플랫폼에서 어머니를 마중 나온 브론스키 백작과 눈이 마

주친다. 스티바는 여동생 안나의 도움을 받아 가까스로 아내와의 관계를 회복한다.

한편 사교계에 발이 넓은 스티바는 친구인 시골 귀족 레빈에게 어울리는 짝으로 공작 가문의 딸인 키티를 소개한다. 하지만 키티는 내심 레빈보다는 브론스키 쪽에 마음을 두고 있다가 브론스키가 안나를 향해 돌아서는 것을 보며 실망한다. 무도회장에서 마주르카에 맞춰 두 사람이 춤추는 모습을 보며 키티는 인정하지 않을 수 없는 안나의 매력에 자신조차 흔들림을 깨닫고 완전히 절망한다.

브론스키는 온갖 이유로 스티바의 집을 방문하기 시작하고 무도회에서 안나에게 춤을 신청하는가 하면, 안나가 돌아가는 기차에까지 올라타 적극적으로 구애한다. 결국 두 사람은 사회적 금기를 넘어서 위험한 열정의 눈보라 속으로 휘말려 들어간다.

레빈은 오랫동안 마음에 품고 있던 키티에게 청혼을 거절당하고 실의에 빠져 형 니콜라이의 거처를 찾는다. 니콜라이는 자본가들 위주로 돌아가는 사회구조를 격렬히 비판하며 노동자로부터 착취를 일삼는 귀족들을 향해 악다구니를 퍼붓는다. 그러나 레빈은 경제 개혁에 대한 형의 주장에 전적으로 동의할 수 없다. 불합리한 사회제도를 개선하는 것도 중요하지만 그보다 먼저 개인의 검약한 삶이 선행되어야 한다고 믿기 때문이다. 집으로 돌아온 레빈은 자신의 생활을 두루 점검하며 신중하게 앞날의 계획을 세운다.

레빈은 그해 여름, 들판의 풀베기에 도전한다. 일꾼들 속에 뒤섞여 풀을 베면서 그는 진정한 노동의 희열을 맛본다. 같은 동작으로 오랫동안 풀을 베어 내는 중에 자주, 말로만 듣던 무아경의 순간을 경험한다. 광대한 풀밭이 베어지며 형성되는 건초더미를 보면서 지금껏 느끼지 못했던 삶의 충일감에 전율한다.

풀베기 장면은 이슬 내린 새벽부터 뜨거운 한낮을 지나 땅거미가 질 때까지 직접 풀을 베어본 사람만이 알 수 있는 생생한 현장감을 그대로 전한다. 물기 젖은 풀이 베일 때 나는 소리와 낫과 낫이 부딪치는 소리, 그리고 낫날을 벼리는 숫돌의 휘파람 소리가 들릴 즈음이면 자연스레 두둑을 지나오는 사람들의 거친 발걸음까지 덤으로 들려오는 듯하다.●

안나는 브론스키와의 관계가 깊어지자 남편 카레

●　《안나 카레니나》에서 레빈이 자연과 융화되는 단면을 보여주고 있는 풀베기와 사냥 장면은 톨스토이 소설 문학의 백미를 보여주는 절정의 묘사부로 유명하다.

닌에게 불륜을 고백한다. 그러나 카레닌에게 있어 이혼은 품위를 떨어뜨리고 경쟁자에게 자신을 물어뜯을 기회를 주는 최악의 선택일 뿐이다. 안나는 지속적으로 남편에게 이혼을 요구하지만, 매번 무시당한다. 한편 레빈은 실연의 아픔을 잊으려 전보다 더 열심히 농사일을 돌보고 사냥하며 바쁜 나날을 보낸다. 그러다가 우연히 키티의 소식을 듣고 다시 마음이 흔들린다.

얼마 후 레빈은 키티에게 다시 청혼하고 두 사람은 주변 사람들의 축복 속에서 결혼식을 올린다. 이들이 서로 다른 환경에서 살아온 상대방에게 적응하느라 고군분투하는 신혼을 보내고 있을 때 레빈은 형이 위독하다는 소식을 전해 듣는다. 죽음을 앞둔 병자의 용태는 시시각각 변해 가고 의외로 키티는 능숙한 손길로 그 주변을 정돈하면서 레빈을 위로한다. 사제가 임종 기도를 하는 동안 형 니콜라이의 영혼은 소리 없이 세상을 떠난다.

그는 죽음이라는 것이 있음에도 불구하고 살고 또한 사랑하지 않으면 안 된다는 것을 통감했다.

며칠 후 죽음이라는 하나의 신비가 채 사라지기도

전에 레빈은 키티의 임신 소식을 듣는다. 키티가 오랜 산고 끝에 아들을 출산하자 레빈은 감격의 눈물을 흘리며 아내의 침상 앞에 무릎을 꿇는다. 촛대 위의 불꽃처럼 생명이 요동하고 있다. 조금 전까지만 해도 존재하지 않던 생물이었다. 그것은 자기를 닮은 또 하나의 존재이자 우주였다.

한편 브론스키와의 사이에서 딸을 낳고 생긴 산욕열로 한차례 죽을 고비를 넘긴 안나는 모든 것을 포기한 채 브론스키와 함께 이탈리아로 떠난다. 여행을 마친 후 브론스키의 소유지가 있는 시골에서 새로운 보금자리를 마련한다. 그러나 그것은 외관상의 평화일 뿐 여전히 그들 사이에는 아직 해결되지 않은 안나의 '이혼' 문제가 남아 있었다.

브론스키를 따라 모스크바로 온 안나는 혼자 있는 시간이 많아지자 온갖 상념 속에서 조바심치며 불안에 사로잡힌다. 가장 큰 괴로움은 무엇보다 아들을 만나지 못하는 상황이었다. 안나의 정신은 서서히 붕괴해 간다. 그녀는 스스로를 다스리기 위해 아편의 복용량을 늘려 간다.

악몽을 꾸고 일어난 어느 날 아침, 안나는 브론스키에게 독설을 내뱉고 정처 없이 거리로 나선다. 안나는 종잡을 수 없는 혼잣말을 중얼거리며 역의 플랫폼을 향해 걸어간다. 본질적으로 모두가 각각의 존재일뿐이며 이제 자신의 시도는 다 끝났다고 생각한다.

기차가 증기를 내뿜는 소리와 함께 선로 위로 다시육중한 울림이 들려오고, 나사와 쇠사슬이 움직여 굴러가는 높고 거대한 주철제 바퀴가 거스를 수 없는 생의 무게처럼 안나를 향해 돌진한다. 순간 안나는 철도선로 한가운데 침목 위로 차량의 그림자를 본 후 두 번째 차량의 연결 칸 사이로 뛰어든다.

톨스토이 작품에는 유난히 기차와 역에 관한 묘사가 상세히 나온다. 아마도 그는 자택 부근의 야스나타폴랴나 역에 나가 플랫폼에 앉아 오래도록 기차가 들고나는 풍경을 지켜보았던 것 같다. 안나가 달려오는기차에 몸을 던져 죽기로 결심하고 차량의 바퀴를 쳐다보며 정확히 자기가 선 자리에 차량의 한가운데가왔을 때를 계산하는 장면은 그래서 더 적나라하고 잔인하게 다가온다.

안나가 죽고 난 후에도 삶은 계속된다. 브론스키는다시 전쟁터로 나가고, 삶과 존재에 관한 답을 찾아 고뇌하던 레빈도 이성이 아닌 자연의 순환 속에서 생성되는 생명력에 그 원천이 있음을 깨닫는다. 참다운 선

(善)이란 인과법칙의 적용 범위 바깥에 있으며, 그것은 우리가 익히 아는 삶 속에 존재한다는 것, 또 삶의 모든 순간이 선의 의미를 지닌다는 통찰에 이른다.

《안나 카레니나》는 19세기 러시아의 사회상이 전방위적으로 담긴 백과사전과 같은 소설이다. 정치 상황부터 러시아의 역사, 농촌 문제, 상류 귀족사회의 성 모럴에 이르기까지 온갖 다양한 문제들이 이야기 속에 녹아 있기 때문이다. 때문에 문학도가 아니더라도 세계사와 인문학에 관심이 있는 사람이라면 반드시 읽어야 할 필독서로 꼽히는 책이기도 하다.

그런데 왜 위대한 예술은 언제나 선명한 비극을 통해서만 완성되는 것일까. 짜임새부터 등장인물과 배경 주인공들을 위한 음악 하나까지 모든 것이 완벽했음에도 결국 언제나 성공한 문학작품의 대부분이 개인의 파멸이나 죽음 같은 비극을 통해서만이 구현된다는 사실이 아이러니하다. 철로에 쓰러져 잠든 우리들의 영원한 피투성이 연인처럼.

불안과 기만과 비애와 사악으로 가득 찬 책을 비추던 촛불이 그 어느 때보다도 환하게 확 타올라

지금까지 어둠에 싸여 있던 일체의 것을 그녀에게 보여준 뒤 파지직, 소리를 내고 어두워지다가 이윽고 영원히 꺼져버렸다.

레프 톨스토이

1828년, 러시아에서 태어났다. 어린 시절 부모를 모두 잃고 법정후견인인 고모의 슬하에서 성장했다. 1844년 카잔대학에 입학했으나 대학 교육 방법에 실망하여 3년 만에 자퇴하고 귀향하여 농업경영 혁신과 농민 생활 개선을 위해 노력했지만 실패한다. 1852년, 〈유년 시절〉을 발표하고, 네크라소프의 추천을 받아 잡지 〈동시대인〉에 익명으로 연재하면서 창작활동을 시작했다. 1862년, 소피아 베르스와 결혼한 후 《전쟁과 평화》(1869), 《안나 카레니나》(1877) 등을 집필, 세계적인 작가로 명성을 얻었다. 그러나 《안나 카레니나》의 결말 부분을 집필하던 중 죽음에 대한 공포와 삶에 대한 회의에 시달리며 심한 정신적 갈등을 겪었다. 이후 원시 그리스도교에 복귀, 러시아정교회와 사유재산 제도를 비판하며 종교적 인도주의, 이른바 '톨스토이즘'을 일으켰다. 《부활》(1899)에서 러시아정교회를 비판했다는 이유로 종무원으로부터 파문당하고, 1910년(82세), 사유재산과 저작권 포기 문제로 부인과 불화가 심해지자 집을 나와 무작정 방랑길에 올랐으나 도중에 폐렴에 걸려 사망했다.

총알은 장전해 두었습니다.
지금 막 열두 시를 알리는
종이 울립니다!

- 요한 볼프강 폰 괴테,
《젊은 베르테르의 슬픔》

자정의 불꽃과 총소리처럼

†

한여름 밤, 적막하고 고요한 시간이었다. 그 소리
는 오직 내게만 들린 환청이었다.

"탕!" 밤하늘을 가르며 한 발의 총성이 울렸다. "댕,
댕" 괘종시계가 막 울기 시작했다. 번쩍 화약의 불꽃
이 터지고 열한 번째 종이 울린 후 시계추의 공이 열두
번째 종을 깨우기 위해 날아오른 순간, 창 너머 한 남
자의 그림자가 무너졌다. 책을 뚫고 튀어나온 총알의
파편 하나가 내 심장을 할퀴고 지나갔다. 아, 베르테르
가 죽었다! 나의 베르테르가.

《젊은 베르테르의 슬픔》●은 그렇게 내게 큰 충격
으로 다가왔다. 한창 감수성이 예민했던 고등학생 시
절에 처음 읽고, 이십 대 후반쯤 한 번 더 되풀이해서
읽었다. 마지막 학력고사 세대였던 나와 친구들은 아
마도 그때 인생을 통틀어 가장 무거운 가방을 메고 다
녔을 것이다. 하나같이 등산용 배낭처럼 커다란 가방
을 어깨에 짊어지고 다녔는데, 그 안에는 차마 성스러
워서 분권도 하지 못했던 《수학의 정석》,《성문종합
영어》,《맨투맨 영어》와 같은 두툼한 보충수업 교재
가 들어 있었다. 거기에 나는 소설책 한두 권을 더 넣

● 원제는《젊은 베르테르의 고통(Die Leiden des jungen Werthers)》이었다.

고 다녔다. 야간 자율학습 시간에 졸음이 찾아오면 꺼내 읽을 비상식량 같은 책이었다. 어떤 책은 너무 재미있어서 수업 시간에 교과서 아래 숨겨 놓고 몰래 읽다가 선생님께 들켜 혹독한 대가를 치러야 했다.

복도에서 30분이나 의자를 들고 서 있는 체벌이었는데, 복도에 나와 보니 같은 죄목으로 교실에서 쫓겨난 학생들이 다른 반 앞에 더 있었다. 2학년 전체를 대상으로 불시에 '소지품 단속'을 한 것이다. 그때 마침 복도를 지나던 장난기 많은 체육 선생님이 벌 받는 학생들의 의자 위에 자신이 압수한 책을 한 권씩 얹어 놓았다. 그때 내 머리 위로 툭 떨어진 책이 바로 《젊은 베르테르의 슬픔》이었다. 표지에는 학교 도서관 직인이 찍혀 있었다.

적막한 야간 자율학습 시간, 약속이나 한 듯 하나둘 책상에 엎드려 눈을 감을 무렵, 나는 수학 문제집을 덮고 가방에서 소설책을 꺼내 읽기 시작했다. 친구에게 보내는 편지 형식으로 쓰인 서간체 소설이었다.

그날 밤, 분명히 그 소리를 들었다. 석양이 지는 초저녁 즈음 집으로 돌아온 나를 자정이 넘은 새벽까지 붙들고 있던 한 남자가 권총 자살로 끝내 세상을 등져버린 것이다. 그때 고막을 울리던 한 방의 총소리는 그후로도 한동안, 어떤 알 수 없는 슬픔이 되어 그림자처럼 나를 따라다녔다. 문학이 준 최초의 충격이었다. 베르테르라는 소설 속 가공인물과 나눈 짧은 교감이 어떻게 그토록 생생할 수 있냐고 반문하는 이도 있을 테지만, 그것은 사춘기 시절, 내게 실제로 일어났던, 심각한 문학적 사건이었다.

그때, 나는 어쩌면 그 총소리를 평생 이명처럼 듣고 살아야 할지도 모른다는 생각을 했다. 그것은 진로에 대한 진지한 고민이기도 했다. 결국 지금까지도 문학의 변경을 오가는 이야기 중독자로 살고 있고 그날의 환희를 떠올리며 이 글을 쓰고 있으니, 오래전의 불길한 예감은 완전히 적중한 셈이다.

《젊은 베르테르의 슬픔》은 괴테가 젊은 시절 직접 실연한 후 감정이입을 해서 쓴 소설이다. 주인공인 베르테르가 간절히 사랑했던 여인인 로테는 괴테 자신이 짝사랑했던 유부녀 샤를로테 부프의 이름에서 따왔지만, 로테의 캐릭터가 오로지 부프 한 사람만 묘사하고 있는 것은 아니다. 괴테가 사귄 다른 연인들의 이미지들을 합친 것이라고 볼 수 있다. 또 베르테르의 구체적 모티브가 된 사람은 한때 괴테의 직장 동료였던 예루살렘이라는 의견도 있다.

　소설은 1771년 5월 4일, 베르테르가 친구에게 보내는 첫 편지로 시작한다. 평소 절친한 친구인 빌헬름 외에 원만한 관계 형성이 어려웠던 베르테르는 어머니의 부탁을 받고 자신이 물려받아야 할 가문의 땅이 있는 고장으로 이사한다. 새 고장의 아름다운 자연에 매료된 베르테르는 얽히고설킨 고향에서의 복잡했던 삶과 달리 낯선 이곳에서 비로소 모든 것을 다시 시작해도 좋을 것 같다는 희망을 품는다.

　베르테르는 주변인들과 나눈 이야기부터 자신이 느낀 감정까지 사소한 일상을 낱낱이 기록해 나간다. 그러던 중 행정관 S씨의 초대로 한 고장을 방문하는데 그곳 젊은이들이 연 무도회에 참석하기로 한다. 무도회장을 가던 중 그는 파트너의 부탁으로 그녀의 친구들을 마차에 태우는데, 이미 약혼자가 있는 로테를 여기서 만나게 된다. 베르테르는 상냥하고 아름다운 로테에게 첫눈에 반한다. 무도회장에서 빠른 스텝의 왈츠를 추면서 그동안 느껴보지 못했던 희열과 행복감을 맛보며 그가 품은 사랑의 감정은 점점 급물살을 타게 된다. 자신의 사랑을 결코 현실 속에서는 이룰 수 없음을 알지라도.

베르테르는 마음을 다잡기 위해 빌헬름이 추천해 준 직장에 나간다. 공사의 비서직으로 취직하기는 했지만 일은 적성에 맞지 않고 공사라는 인물은 그가 혐오하는 속물적인 위선자에 불과하다. 베르테르는 결국 일을 그만둔다. 이후 그는 로테에게 더욱 집착한다. 이미 다른 남자의 아내가 된 로테는 베르테르의 마음을 알고서 일시적으로 감정을 느끼지만 흠잡을 데 없는 남편 알베르트에게 다시 돌아간다. 로테는 감정 기복이 심하고 감성적인 베르테르가 자신에게 집착할수록, 모든 문제가 자신에게서 비롯되었다는 생각에 괴로워한다.

이듬해 베르테르는 귀향을 결심한다. 하지만 이미 마음을 추스르기에는 너무 멀리까지 왔다. 로테를 도저히 잊을 수 없던 것이다.

> 11월 26일
> 아, 과연 나보다 비참한 인간이 나 이전에 존재했을까?

베르테르는 알베르트에게 여행할 때 필요하니 권총을 빌려 달라는 쪽지를 보낸다. 관대하고 인간적인 성품을 지닌 알베르트는 아내 로테에게 그의 부탁대로 권총을 내주라고 말한다. 하인은 베르테르에게 권총을 건네며 로테가 직접 권총을 자기에게 주었다고 말한다. 그 말을 듣자 베르테르는 감격한다.

> 총알은 장전해 두었습니다. 지금 막 열두 시를 알리는 종이 울립니다! 자, 이제 때가 됐습니다. 로테! 로테, 잘 있어요! 안녕!

한 이웃이 화약 불꽃과 총성을 들었다. 하지만 이내 세상이 다시 고요해져서 더 이상 관심을 두지 않는다. 이튿날 아침 하인이 베르테르를 발견했을 때, 그는 방바닥의 피 웅덩이 한가운데 쓰러져 마지막 숨을 토해 내고 있었다.

《젊은 베르테르의 슬픔》은 언제든 다시 읽어도 사실적이고 생동감이 넘친다. 서간체 소설이라는 형식 안에서 베르테르의 심리를 따라가다 보면 마치 내가 베르테르가 된 듯한 착각에 빠진다. 그때부터는 책 속의 모든 풍경과 사물들, 인물들까지 나의 환경과 주변 인으로 바뀌는 마법이 일어난다. 온전히 베르테르의 심정이 내 감정이 되고 집착인 줄 알았던 로테를 향한 마음이 내게로 옮겨와 사랑의 열병으로 바뀌는 과정을 체험하게 된다. 그러면서 베르테르를 이해하게 되고, 어느새 그를 응원하고 있는 나를 발견한다.

베르테르가 빌헬름에게 보낸 마지막 편지를 읽고 나면, 소설 형식은 서간체에서 빌헬름이 서술하는 독백체로 전환되어 이야기가 진행된다. 그때부터 베르테르는 더 이상 타인이 아니다. 그는 내 친구이자 나의 가족이며, 내가 사랑하는 연인이 된다. 나는 베르테르의 영혼에 일체감을 느끼는 존재인 것이다. 그렇기에 갑작스러운 베르테르의 자살은 내게 청천벽력 같은 충격과 슬픔으로 다가온다.

《젊은 베르테르의 슬픔》은 아름다운 문체는 물론 흡입력 있는 서사로 발표 당시에도 독일 사회에 큰 파장을 일으켰다. 동시에 유럽 전역에 걸쳐 엄청난 인기를 끌었는데, 특히 젊은이들에게 엄청난 공감을 불러일으켜 소설에서 묘사된 베르테르의 옷차림까지 유행할 정도였다. 더 나아가 베르테르를 흉내 낸 모방 자살까지 연이어 터지면서 '베르테르 효과(Werther effect)'● 라

● 사회에서 주목받는 유명인들이 자살했을 때, 이에 심리적으로 동조해 모방하는 사람이 많아지는 일시적 사회현상을 뜻한다.

불리는 사회현상이 생기기도 했다.

괴테는 독일을 대표하는 작가이면서, 독일 문학을 세계적인 문학으로 한 차원 끌어올린 작가로 평가받는다. 2차 세계대전이 끝난 후 전범 국가인 독일은 명예 회복을 위해 세계 곳곳에 의도적으로 '괴테 문화원'을 설립했다. '세계문학'이라는 개념과 용어를 맨 처음 제기한 이도 괴테라고 전해진다.

요한 볼프강 폰 괴테

18~19세기 독일의 문학가, 철학자, 과학자. 1749년에 태어나 1832년에 사망했다. 러시아에 도스토옙스키와 톨스토이가 있고 영국에 셰익스피어가 있다면 독일에는 단연코 괴테가 있다. 《젊은 베르테르의 슬픔》, 《파우스트》, 《빌헬름 마이스터의 편력시대》 등의 작품을 남겼다. 이 중 《파우스트》는 괴테가 사망하기 1년 전인 1831년에 완성한 작품으로 60년 동안 고쳐 쓴 대작이다. 파우스트의 인생을 통해 인간의 존재와 생의 의미, 가치 등을 다루고 있다. 괴테는 이 작품을 자신이 죽고 난 후에 발표하라는 유언을 남겼다고 한다.

돈과 자기만의 방 그리고 고독해질 권리

각자가 연간 500파운드와
자기만의 방을 가진다면,
그리고 우리가 스스로 생각하는 것을
정확하게 표현할 수 있는
용기와 자유의 습성을
가지게 된다면……

- 버지니아 울프, 《자기만의 방》

이산하 시인의 시집 《악의 평범성》에 다음과 같은 내용의 시가 실려 있다. 제목은 〈바닥〉이다. 사람이 강에 투신자살하면 '99대 1 현상'이 나타난다고 하는데 시신의 99%는 수심에 가라앉았다가 물살을 따라 흘러가 버리고 1%는 투신 지점에서 그대로 부상해 오른다고 한다. 그런데 이 1%의 시신은 터치다운을 하듯 그야말로 바닥을 치고 올라오는 시신이라고 한다. 그래서인지 얼굴에 평화로움이 가득해서 마치 부처를 닮았다고 묘사하고 있다.

이 시를 읽고 나서 자살로 생을 마감한 버지니아 울프가 떠올랐다. '자기만의 방'이 필요하다고 말한 버지니아 울프는 아마도 깊은 심연의 강바닥일지라도 홀로 누구에게도 방해받지 않는 시간을 보내고 싶었는지 모른다. 그래서 코트 주머니에 잔뜩 돌을 집어넣고 투신한 것은 아닐까. 좀 더 늦게 떠오르려고. 오래도록 혼자서 깊고, 고요하게, 머물고 싶어서 말이다.

버지니아 울프는 여성 문학과 페미니즘을 이야기할 때 반드시 언급되는 작가 중 하나다. 대표적인 비평 에세이인 《자기만의 방》은 내게도 오랜 세월 동안 단순한 책 이상의 목소리였고, 위기가 올 때마다 나를 일으켜 준 스승이자 위로가 된 친구였다. 그것은 탁월한 비평가의 명료한 사유가 빚어낸 구동력 있는 심장의 큰 박동이며, 살갗과 종이와 벽을 뚫고 나온 엄청난 울림이었다. 리얼리티 넘치는 언어의 힘이 시공을 초월해 자신이 전혀 알지 못하는 사람에게까지 영향을 주고 있음을 울프 자신도 예감하지 못했을 것이다. 잉크를 빨아들이는 압지처럼 문장 하나하나가 영혼에 스며들었다.

내게도 오직 나만을 위한 한 칸의 방이 절실했던 때가 있었다. 고요하고 호젓하게 책상 앞에서 나 자신과 홀로 마주할 수 있는 공간 하나를 갖는 일이 그토록 힘겹다는 걸 알게 될 즈음이었다. 그런 나에게 어느 날 찾아온 울프는 또 하나의 '뜨거운 심장'이 되어주었다. 그 호기로운 심장 덕분에 오랫동안 나는 가난에 시달리고 더 많은 일을 해야 했지만, 마침내 나만의 방을 갖게 되었다.

《자기만의 방》을 '여성 문학 비평의 정전'이라고 하지만, 좀 더 폭넓게 작품의 가치를 본다면 여성성 혹은 남성성에 치우치지 않는, 문학 본질에 대한 추구를 발견할 수 있다. 울프는 이 글 속에서 여성 스스로가 여성이라는 성을 억압하지 않고 자연스럽게 내

면의 '자기 자신'의 상태를 받아들여 글로써 표출해야
한다고 말한다. 그러기 위해서는-자기 자신이 되기 위
해서는- 연간 500파운드와 자기만의 방이 필요하다.
돈의 액수는 중요하지 않다. 독립해서 살아가기 위해
소요되는 최소한의 경비만 있으면 된다고 제안한다.

《자기만의 방》의 주된 내용은 울프가 케임브리지
대학 내 여자대학인 뉴넘 대학과 거턴 대학에서 발표
한 두 강연문에 기초한다. 강연문의 내용을 발전시켜
여러 여성 작가의 작품을 분석하고 그 현실적 배경과
인과성에 관해 서술한다. 이제 버지니아 울프는 명실
공히 페미니즘 비평의 계보에서 제외할 수 없는 독보
적인 작가다.

'왜, 천재는 노동자나 노예, 여성들 가운데서 태어
나지 않는가?'
'왜, 언제나 남성들만이 권력과 부와 명성을 가지
는가?'

당시에도 이 질문에 이의를 제기할 사람은 없었을
것이다. 뼛속 깊이 남존여비 사상을 가진 사람이라도
내심 당시 사회의 모순을 인지하고 있었음이 분명하

다. 울프는 이 책에서 그 시대 여성이 현실적으로 봉착한 한계상황에 대해 쉽고 현실적으로 설명한다. 영국에서 여성은 완전히 가부장제의 지배하에 놓여 있는 존재여서 어디에서도 그들의 이름을 찾을 수가 없다. 역사는 여성을 거의 언급하지 않는다. 교육을 접할 기회조차 주지 않고 이른 나이에 부엌일을 배워야 했으며 쫓기듯 결혼해야 했다. 홀로 쉬거나 글을 쓸 수 있는 '자기만의 방'을 갖는 것은 엄청난 부자가 아니고서는 꿈도 꿀 수 없는 일이었다.

> 16세기에 태어난 위대한 재능을 가진 여성은 틀림없이 미치거나 총으로 자살하거나 또는 마을 변두리의 외딴 오두막에서 절반은 마녀, 절반은 요술쟁이로 공포와 조롱의 대상이 되어 일생을 끝마쳤을 거라는 것입니다.

울프는 여성의 사회적 지위에 대해 질문하고 남성이 절대적 우위를 차지하는 사회가 과연 정당한가에 대해 여성의 각성을 촉구한다. 이는 반란이 아니라 자기 자신을 향한 창조적인 개선과 재능의 발굴에 초점을 맞춘 강력한 환기로, 당대 여성들의 잠자고 있는 심장을 깨우는 경종이었다. 독립된 공간과 경제적 자유를 확보해야 한다는 것을 '자기만의 방'이라는 개념으로 설명한 것이다. 또 울프는 창작에 관한 성차별적인 외부 환경과 열악한 조건에 대한 비판론과 대안을 제시하는 데 그치지 않고, 작가로서 소설론도 함께 소개한다.

> 소설이란 삶에 대한 어떤 거울 같은 유사성을 가진 창조물이라고 여겨질 것입니다. 물론 소설이 삶을 단순화하고 왜곡하는 측면이 무수히 많이 있지만요. 어쨌든 그것은 마음의 눈에 어떤 형체를 남기는 구조물인데(……).

그 일정한 형체를 지닌 잔상의 구조물이 내면의 감정과 혼합을 일으킨다는 것이다. 그것은 물질의 상호 관계에 의한 것이 아니라 인간의 상호 관계에 의한, 이를테면 화학작용 같은 것이다. 다시 이것을 다른 작품과 연계해 설명하고 자연현상과 과학의 원리와도 빗대어 해석한다. 소설과 실제 생활의 가치에 대해서 여성과 여성 작가의 가치에 대해서, 그 의미를 논리적으로 확장해 나간다.

울프는 '위대한 마음은 양성적'이라는 콜리지의 말을 인용, 작가가 자신의 성을 염두에 두고 글을 쓰면 치명적이라고 경고한다. 여성 자신과 거실에서 탈출하라고 여성들에게 권고한다.

> 나는 그저 다른 무엇이 아닌 자기 자신이 되는 것이 훨씬 중요한 일이라고 간단하게 그리고 평범하게 중얼거릴 뿐입니다.

당시 사회에 이보다 더 파격적인 여성 작가의 목소리가 있었을까. 아마도 여성 청중들은 강연이 끝난 후 잠시나마 홀로 남아 오롯이 생각에 빠지고 싶었을 것이다. 나는 지금 오로지 나 자신만을 위한 방을 갖고 있는가에 대하여. 그것을 얻기 위하여 앞으로 어떤 삶을 살아야 하는가에 관하여서 말이다.

울프가 살았던 사회는 지금과는 많은 차이가 있었다. 지금보다도 더 가부장적인 구습과 비합리적인 악습이 지배하는 사회였다. 영국 사회에서 여성은 어느 정도의 신분이 보장되지 않으면 제대로 교육조차 받기 어려운 존재였다. 다행히 다른 소녀들보다 나은 가정환경에서 성장한 울프는 일찌감치 교육을 받았으나, 복잡한 가족 관계로 의붓오빠들로부터 성폭력을 당한다. 거기에 부모님을 여의고 정신적으로 불안한 환경 속에서 살아가며 우울증까지 앓게 된다.

울프에게 유일한 도피처는 오직 책과 글쓰기의 세계였다. 그녀의 글쓰기는 병적이거나 감상적인 차원이 아니었다. 강인하고 치열했다. 사람들은 울프가 정신 질환 때문에 나약하고 감성적이며 우울한 글을 썼을 것이라는 편견을 갖기도 하지만, 그녀는 본래 누구보다 강한 성품과 절제력을 지닌 여성이었다.

자살로 생을 마감한 것은 울프로서는 다분히 이성적이며 맑은 정신에서 결행한 것이었다. 2차 세계대전이 한창이었고, 독일이 영국을 곧 침공할 것이라는 암울한 그림자가 런던 지식인 사회를 빠르게 덮쳐오고 있었다. 이는 공공연하게 파시즘에 반대하는 주장을 펼쳤던 울프 부부에게 죽음을 예고하는 두려운 소식이었다. 게다가 울프의 건강은 나날이 나빠지고 있었다. 첫 소설《출항》의 출간을 위해 원고를 보냈던 출판사의 발행인이 의붓오빠였다는 사실을 알고 난 후부터 그녀의 정신이상 증세는 더 심해졌다. 악조건 속에도 울프는 남편 레너드 울프의 간호를 받으며 1941년에 소설《막간》까지 어렵사리 마무리했지만, 시시각각 진척되는 병세는 호전될 기미가 보이지 않았다. 병세가 더욱 심해지자 울프는 결단하기에 이른다. 거기에는 남편의 희생에 대한 울프의 배려와 또 울프 자신에게도 가장 나은 선택이라는 인간으로서의 깊은 고뇌가 깃들어 있었다.

나는 가끔 외롭고 쓸쓸하다고 느낄 때, 양쪽 주머니에 돌을 가득 집어넣고 이른 아침 우즈강을 향해 걸어가는 버지니아 울프를 떠올리곤 한다. 그 묵직하고 결의에 찬 발걸음을 상상한다.

지금, 버지니아 울프의 시절과 다른 점이 있다면 '자기만의 방' 이후 우리에게는 한 가지가 더 필요하다는 점이다. 바로 '자기만의 시간'이다. 철저하게 고독해질 권리는 이제 권력이 되었다. 하지만 랜선을 타고 무방비로 개방된 삶을 어느 정도 포기한 고독은 누구나 가능하다. 약간의 소통을 차단한 불편한 고독이 전제되지 않으면 '자기만의 방'은 있으나 마나 한 공간이다. 버지니아 울프는 이렇게 말했다.

나는 때로 지치지 않고 계속 책을 읽는 것에 천국이 있지 않나 생각합니다.

버지니아 울프

1882년 영국 런던에서 태어났다. 20세기 영국의 소설가, 저널리스트, 에세이스트로 활동했다. 정식 교육의 혜택을 받지는 못했지만, 어린 시절부터 아버지의 서재에서 독서를 하며 시간을 보냈고 양친 모두 세상을 떠난 뒤 언니와 함께 블룸즈버리로 이사해 케임브리지 대학 출신의 지식인과 예술가의 모임인 '블룸즈버리 그룹' 일원으로 활동했다. 여기서 레너드 울프와 만나 결혼해 호가스 출판사를 운영하며 T. S. 엘리엇, E. M. 포스터의 작품 등을 출간했다. 1915년에 첫 소설 《출항》을 발표한 후 《밤과 낮》, 《제이콥의 방》 등으로 문단에 큰 반향을 일으켰다. 이후 《댈러웨이 부인》, 《등대로》, 《파도》 등의 작품을 발표했다. 1929년, 예술 이론과 여성의 글쓰기, 권력과 페미니즘의 선구적 역할을 했다고 평가받는 에세이 《자기만의 방》을 발표했다. 1939년 2차 세계대전이 발발하면서 시골집으로 피신했지만, 심해지는 정신 질환으로 고통받던 버지니아는 1941년 겨울, 자신의 외투 주머니에 돌멩이를 가득 넣은 채 이른 아침 우즈강에 투신해 스스로 생을 마감했다.

파티가 끝난 후 장례식에 가다

수백 송이, 그렇다.
말 그대로 수백 송이가
하룻밤 사이에 피어난 것이다.
초록의 관목들은
마치 대천사들을 맞이하기라도 하듯
고개를 조아렸다.

- 캐서린 맨스필드, 〈가든파티〉

타인의 불행에 공감하고 관심을 갖는다는 건 어려운 일이다. 자신에게 닥친 고난조차도 회피하고 싶은 게 인간이기 때문이다. 하물며 나와 상관없는 타인의 슬픔이 궁금하고, 또 그 슬픔을 진심으로 이해하려는 이가 몇이나 될까. 수많은 지식인이 진리와 진실을 역설하고 추구하지만, 자기가 알고 있는 이론을 몸소 실천하며 자신의 말과 행동을 일치시키는 이는 드물다.

프랑스의 철학자인 시몬 베유 ●는 "진실은 언제나 고통받는 자의 편에 있다"라고 말했다. 베유의 관심은 일관되게 가난하고 힘없는 사람들, 저항의 권리조차도 없는 억압받는 노동자들에게 향했다. 베유는 평생 만성 두통과 혈행 장애 등의 질환에 시달리면서도 노동 현장에서 직접 금속 절단공으로 일하며 공장 노동자와 함께 호흡하고 생활했다. 금속을 다루는 일은 노동 중에서도 가장 위험하고 고단한 일 중 하나다. 자칫하면 신체 절단이라는 사고를 겪을 수 있기 때문이

● 프랑스의 철학자, 노동운동가, 사상가. 지역 노동자 파업 등을 지원하면서 사회주의 운동에 몸담았다. 1934년부터는 자동차 공장 등에서 일하며《노동 일기》를 집필했다. 베유의 사상은 이후 앙드레 지드, 알베르 카뮈 등의 지성인에게 영향을 끼쳤다.《노동의 조건》,《억압과 자유》등을 썼다. 시몬 드 보부아르, 한나 아렌트와 함께 20세기를 대표하는 3대 여성 철학자로 꼽힌다.

다. 작업장에서 생긴 사고로 노동자들이 더 이상 일을 할 수 없다는 건 사망 선고와 같다. 베유는 이런 재난이 도사리고 있는 공간에서 금속 노동자들과 호흡하며 기꺼이 그들의 삶을 제 것으로 받아들였다. 철학이라는 형이상학적인 학문을 하는 동시에 실재하는 타인의 불행에 관심을 가지고 그들의 삶 속으로 직접 뛰어든 보기 드문 사례다. 나와 다른 인간을 궁금해하고 이해하려는 의지를 몸소 증명해 보임으로써, 타인과 더욱 가까이 연결되고 비로소 인간의 온기를 나눔으로써, 이상적으로 추구했던 선의 가치에 이를 수 있었던 것이다.

20세기 초 유럽은 양차 세계대전의 암울한 그늘에서 고통받고 있었다. 그런 까닭에 인간의 운명과 불행에 관해 관심을 지닌 예술가와 지식인의 출현이 많았던 시기이기도 하다. 시몬 베유는 유대계로서 더 뜨거운 시선으로 시대적 불행을 응시했을 것이다. 19세기 말에 앞서 태어난 여성 작가 캐서린 맨스필드의 관점도 베유와 여러 면에서 상통한다. 한 사람은 숭고한 철학 정신으로 또 한 사람은 문학으로 표현을 달리하고 있을 뿐이다. 특히 두 사람이 모두 결핵균에 의해 사망한 것과 34년의 짧은 생을 살고 세상을 떠났다는 점도

기이한 공통점으로 다가온다.

캐서린 맨스필드는 우리에게 생소한 듯싶지만, 꽤 이름 있는 작가다. 세계적인 단편소설의 대가인 안톤 체호프의 〈귀여운 여인〉, 모파상의 〈목걸이〉와 더불어 맨스필드의 〈가든파티〉가 세계 3대 걸작 단편으로 꼽히기 때문이다. 대다수 국내 독자는 오 헨리나 알퐁스 도데 대신 캐서린 맨스필드가 그 자리를 차지하고 있는 것이 의아할지도 모르겠다. 하지만 작품을 읽어보면 생각이 달라질 것이다. 뛰어난 문학적 재능을 지닌 천재 작가 맨스필드가 후대 작가들에게 모티브와 작법 면에서 많은 영향을 줬다는 사실을 금세 눈치챌 것이다. 서른 넷의 나이에 결핵으로 죽기 전까지 그녀는 88편의 단편소설과 서한문을 끊임없이 써낸 성실한 작가였다.

맨스필드는 현재 당대 최고의 단편소설 작가라는 평가를 받고 있으나 안타깝게도 문학적 업적에 대한 평가는 작가 사후에 이루어진 것이다. 일상적이고 사소한 세계에 은닉된 계급과 윤리 문제를 다룬 작품들은 지금 읽어도 공감을 자아낸다. 〈가든파티〉는 캐서린 맨스필드의 작품 중에서도 대표작으로 언급되는 소설로 스토리 자체는 단순하다.

가든파티를 하기에 완벽하게 좋은 날씨와 수백 송이의 장미꽃이 핀 날이다. 주인공 로라의 집에서는 파티 준비가 한창이다. 일꾼들은 천막을 치고 어린 소녀인 로라는 오늘 입을 드레스와 모자만 결정하면 된다. 백합과 칸나와 쟁반 한가득 놓인 꽃들이 저택으로 들어오고 가족들은 아무 근심 없이 피아노 건반을 두드리며 즐거워한다.

눈부신 한낮, 상점에서 주문한 특제 슈크림빵이 도착했을 때 로라는 우연히 이웃의 비보를 접한다. 로라네 집이 있는 언덕 아래 오두막집에 사는 짐마차꾼이 오늘 말에서 떨어지는 사고를 당해 죽었다는 소식이다.

그 얘기를 듣고 난 후 로라는 즉각 파티를 중지해야 하지 않는지 가족들에게 의견을 제시하지만 아무도 어린아이의 말을 귀담아듣지 않는다. 가족들은 이웃의 불행에는 도통 관심이 없다. 사실 가난하고 신분이 낮은 짐마차꾼을 이웃으로 생각조차 하지 않는다. 그러더니 은근슬쩍 죽은 짐마차꾼이 술을 마신 상태였을 거라고 모욕하기에 이른다. 오직 나이가 가장 어린 로라만이 무엇이 최선인가에 대해서 끊임없이 생각해 볼 뿐이다. 시끌벅적한 파티가 열리고, 행복해 보이는 사람들과 멋진 가든파티가 성황리에 열린다.

그리고 그 완벽한 오후는 서서히 무르익다가, 서서히 시들고, 서서히 그 꽃잎을 닫았다.

파티가 끝난 후 셰리던 부인(로라의 엄마)은 남편으로부터 죽은 짐마차꾼이 아내와 대여섯 명의 자식을 남겼다는 말을 듣고, 그제야 선심 쓰듯 파티에서 남은 음식을 보내자고 말한다. 셰리던 부인은 로라에게 죽은 짐마차꾼 집에 음식 꾸러미를 전해주고 오라고 한다. 화려한 파티 드레스에 벨벳 리본 모자를 쓰고 있는 로라는 자신의 존재 자체가 한없이 미안하다. 로라는 고요히 잠든 것처럼 누운 존엄한 시신을 내려다보며 자기도 모르게 울음을 터뜨리고 만다.

생기와 웃음이 넘치고 꽃과 음식이 남아도는 저택의 가든파티와 갑작스러운 사고의 비통함으로 슬픔이 깃든 가난한 집의 간소한 장례식이 극명한 대비를 이룬다. 어린 로라가 감당하기에는 너무도 간극이 큰 현실이다. 인생에 공존하는 삶과 죽음의 무게가 한꺼번에 로라를 압도한다. 부유하지만 선하지 않고 가난하지만 숭고한 사람들. 로라가 인생의 비밀과 맞닥뜨리는 순간이다.

시몬 베유는 저서 《중력과 은총》에서 "순수는 더러움을 응시할 수 있는 힘"이라고 말했다. 극도로 순수한 것은 순수와 불순 모두를 응시할 수 있다고 본 것이다. 하지만 불순한 것은 두 가지 모두를 보지 못한다고 덧붙였다. 〈가든파티〉에서 로라가 두 세계를 모두 응시할 수 있었던 것은 로라의 순수함 덕분일 것이다.

베유는 또한 인간의 불행은 중력에 지배를 받는다고 주장한다. 중력은 낮은 쪽이 더 강한 에너지를 갖고 있다는 것을 증명하는 법칙이다. 상징적으로 노동과 힘의 소진 그리고 추락과 죽음의 방향이다. 그처럼 인간이란 존재는 원천적인 불행의 힘에 발목이 붙잡힌 나약한 존재다. 이 운명의 힘을 역행하기 위해서는 신의 은총, 즉 빛의 날개에 의한 상승이 필요한데 그것을 베유는 종교적인 관점에서 '구원'이라고 보았다.

언덕 아래 낮은 집에서 가난한 삶을 살다 비참한 죽음을 맞은 짐마차꾼에게 순수한 마음을 지닌 로라의 조문은 어쩌면 신의 방문이자 구원이 아니었을까. 우리가 추구해야 할 선의의 방식에 대해 생각해 본다.

캐서린 맨스필드

1888년 뉴질랜드에서 태어났다. 19세에 영국으로 건너와 본격적인 문학 수업을 받으며 작가의 길을 걸었다. 첫 번째 결혼은 하루 만에 파경을 맞았고, 1918년 문예지 편집인이자 평론가를 만나 재혼했으나 가난과 병고에 시달리며 힘든 삶을 살았다. 현실주의와 인간 심리를 섬세한 문체로 그려 20세기 초반 모더니즘 문학에 기여했다는 평을 받는다. 또 의식의 흐름 기법과 다중시점 작법으로 인간 내면의 깊이를 탐구하여 후대 작가들에게 큰 영향을 주었다. 80여 편의 단편과 서한집을 남겼으며, 현대 단편소설의 선구자로 불린다. 1923년, 34세의 나이에 결핵으로 사망했다.

눈을 감고 마음으로 보려고 한다면
우리도 신의 친구가 될 수 있을 것이다.

― 레이먼드 카버, 〈대성당〉

초대받은 사람은 누구인가

우리나라에 많은 독자를 확보한 일본 작가 무라카미 하루키는 미국 작가인 레이먼드 카버의 열렬한 팬으로 알려져 있다. 하루키는 카버의 소설을 너무 사랑한 나머지 직접 번역해 소개한 것은 물론이고 그의 소설 중 하나인 〈사랑을 말할 때 우리가 이야기하는 것〉의 제목을 따서 《달리기를 말할 때 내가 하고 싶은 이야기》라는 에세이를 발표하기도 했다. 하루키는 책의 에필로그에서 제목을 카버의 소설 제목에서 가져왔다고 밝히고 있다. 또 다른 일화로 하루키는 카버를 자기의 집에 초대한 적이 있는데 손님방의 침대를 새로 구입해야 하는 낯선 경험을 했다고 한다. 레이먼드 카버의 키가 190센티미터가 넘는 장신이었기 때문이다.

나는 가끔 이렇게 키가 큰 사람들이 보는 세상은 뭔가 다르지 않을까 궁금해진다. 보통 사람들의 머리 끝 정도의 높이에 어깨가 닿는 그들은 내가 한 번도 도달해 보지 못한 대기의 공기를 마시며 대체 얼마나 멀리까지 볼 수 있는 것일까. 그것은 막연한 동경이면서 왠지 모르는 세계에 대한 원초적 호기심 같은 것이기도 하다. 그런데 190센티미터의 장신인 카버는 알고 보니 무던히도 불행한 삶을 살았다. 키가 큰 사람의 불행은 더 가혹하게 느껴진다. 아무래도 보통 사람보다 그림자가 길어서 더 고독해 보이기 때문인지도 모르겠다.

레이먼드 카버의 인생 대부분이 불행으로 점철되어 있어 그런지 그의 작품도 따뜻한 여운을 주는 작품이 드물다. 쉬운 일상 언어로 쓰였지만 카버의 작품은 해석하기가 만만치 않다. 가만히 생각하면 비로소 뒤통수를 때리는 무언가가 있거나 서늘한 여운 같은 것을 남긴다. 이것이 작가로서 카버가 얼마나 뼈를 깎는 노력을 통해 이룬 성과인가 짐작해 본다. 기교나 설명 없이 짧은 분량으로만 완벽한 이야기를 써낸 작가는 드물기 때문이다.

카버의 출세작이자 대표작으로 일컬어지는 〈대성당〉은 아내의 오랜 친구인 맹인이, 주인공인 화자의 집에 방문해 생기는 에피소드를 그리고 있다. 일인칭인 '나'의 시점에서 서술하므로 처음에는 화자에 의해 일방적으로 대상이 폄훼되기도 하고 희화되기도 하지만 독자들은 그것이 화자의 이기적이고 편협한 시선 즉 편견 때문이라는 것을 충분히 눈치챌 수 있다. 이 소설의 관전 포인트는 이 독불장군 같은 주인공이 점점 마음의 문을 열고 변해가는 과정이다.

'나'도 잘 알고 있듯이 맹인과 아내의 인연은 10년 전부터다. 그녀는 당시 한 공군사관 교육생과 연애하고 있었는데 두 사람은 서로 사랑하지만 가난한 연인이었다. 그때 아내는 우연히 신문에서 '맹인에게 책 읽어주는 일'에 관한 구인 글을 보고 찾아가, 바로 그 자리에서 채용된다. 그렇게 맹인과 아내는 처음 만나 친구가 된다. 아내가 일을 그만둔 후에는 사관후보생과 결혼해 그 도시를 떠난다. 아내는 도시를 떠난 뒤에도 맹인과 자기의 목소리를 녹음한 테이프를 주고받는 형식으로 꾸준히 소식을 공유한다. 테이프에는 공군 장교의 아내로 살아가는 사소한 일상이 담겨 있었다. 이곳저곳 기지를 옮겨 다니며 살아야 하는 생활 때문에 당시 아내는 외롭고 몹시 지쳐가는 중이었다. 아내는 시를 써서 녹음해 보내기도 했다. 맹인도 테이프를 보내왔다. 그렇게 부지런히 그들은 여러 해 동안 우편으로 녹음테이프를 교환했다.

어느 날 마침내 아내는 욕조에서 음독자살을 시도하지만, 실패로 끝나고 의식을 잃는다. 그 일을 계기로 그녀는 장교와 별거를 결심한다. 이 또한 맹인에게 녹음해서 소식을 알린다. 그녀는 온갖 종류의 일들을 부리나케 알린다. 그즈음 나는 아내와 만나기 시작했는데 이 소식도 물론 아내는 맹인에게 알렸다.

'나'와 결혼하고 새 출발을 한 뒤에도 맹인과 아내는 계속 연락해 왔다. 어느 날 아내는 내게 그들이 수시로 주고받았던 테이프를 한번 들어보겠느냐고 물었고, 나는 그 내용을 잠시 듣다가 중단했다. 듣고 싶은 부분은 다 들었다고 생각했기 때문이다. 어쩌면 듣지 않는 편이 더 나았을 수도 있었다.

아내는 얼마 전 그 맹인의 아내가 죽었다는 비보를 전해 왔다. 그리고 곧 그가 우리집에 방문할 예정이라고 한다. 나로서는 기분이 좋을 리가 없다. 집에 도착한 맹인 로버트는 오자마자 내 손을 꽉 잡더니 어디선가 본 사람 같다고 말한다. 나는 말문이 막힌다. 게다가 그는 내가 맹인에 대해 예상했던 것처럼 검은 안경을 쓰지도 지팡이를 사용하지도 않았으며 건장한 체격에 어깨가 구부정한 사십 대 후반의 남자였다. 그리고 우울해 보이지도 않았다.

맹인들은 자기가 내뿜는 연기를 볼 수 없으므로 담배를 피우지 않는다고 알고 있었는데 로버트는 꽁초가 될 때까지 담배를 피웠다. 우리 셋은 함께 술을 마시고 유쾌한 분위기에서 식사한다. 내일이 없는 사람들처럼 치열하게 음식을 먹어 치운다. 그런 뒤 술을 더 마시며 아내는 맹인 친구와 지난 십 년 동안의 일들을 이야기 나누고 거실을 떠난다.

로버트와 단둘이 남은 머쓱한 분위기 속에서 나는 TV에서 흘러나오는 교회와 중세에 관한 프로그램을 시청한다. 이때 화면 위로 한 건물의 위용이 드러나는데, 도시의 스카이라인 위로 우뚝 솟은 파리의 유명한 대성당이다. 나는 로버트에게 뭔가 설명해 주고 싶은 강한 욕구를 느낀다. 대성당이 어떤 개념인지 감이 잡히느냐고 물어가면서. 로버트는 수많은 사람이 그것을 짓기 위해 동원된다는 사실 정도는 안다고 대답한다.

나는 로버트에게 TV에 나오는 대성당을 설명하고 묘사한다. 하지만 그의 반응은 시큰둥하다. 그는 대신 두꺼운 종이와 펜을 가져오라고 부탁한다. 펜을 쥔 내 손 위에 로버트가 손을 얹는다. 나는 성당을 그리기 시작한다. 그림 실력은 없지만 나는 끈질기게 그린다. 로버트가 이제는 눈을 감고 그려 보라고 말한다. 나는 살아오는 동안 이런 순간은 없었다고 느낀다. 나는 그에게 진짜 대단하다고 말한다.

그 순간 나는 우리집 안에 있었지만 눈을 감고 그림을 그리는 동안 만큼은 내가 실제로 성당 앞에 있는 것 같은 착각이 들었던 것이다. 그런 느낌은 작품 속의 주인공인 나에게 난생처음 찾아온 신선하고 놀라운 경험이었다.

로버트가 우리집에 초대받아 온 것 같지만 기실은 편견에 사로잡혀 있던 내가 더 확장된 정신의 영역으로 초대를 받은 셈이다. 이것은 얼마나 큰 행운인가. 그것은 모르고 살 수도 있었던 세계였다. 내 의식이 한 차원 더 높아져 비로소 열린 시각을 확보하게 된 것이다. 이로써 집이라는 공간 자체도 대성당과 다를 바 없는 기능을 하게 된다. 신의 은총이 내린 공간이기 때문이다. 그 공간은 매우 종교적이기도 하다.

로버트는 그림을 그리기 전 나에게 신앙심이 있냐고 물었다. 이 질문에서 금세 떠오르는 성서 속의 한 구절이 있다. 히브리서 11장에 나오는 '믿음은 바라는 것들의 실상이요 보이지 않는 것들의 증거이니'라는 말씀이다. 이것은 신의 조건 없는 사랑이 존재한다는 것으로 내가 비로소 그것을 확인하게 되었다는 의미로 해석할 수 있다. 나는 로버트에게 대성당의 겉모습을 샅샅이 묘사해 주고 싶었지만, 로버트는 나에게 보이지 않는, 대성당에 존재하는 신을 보여준 것이다. 어디에나 있지만, 어디에도 없는.

눈을 감고 마음으로 보려고 한다면 우리도 신의 친구가 될 수 있을 것이다.

이 작품은 인생 전반이 암울하고 침체기였던 카버에게 큰 행운을 안겨 주었다. 1982년 그의 스승인 존 가드너가 오토바이 사고로 사망하고, 이어서 아내와 정식으로 이혼하는 불행을 겪고 나서 이듬해 소설집 《대성당》으로 전미도서상과 퓰리처상 후보에 오르면서 작가로서 널리 이름을 알리는 계기가 되었다.

레이먼드 카버는 미국 북서부 지방의 캐스케이드 산맥 아래 야키마라는 거대한 계곡 지대의 마을에서 목재소 노동자의 아들로 태어났다. 그는 이른 나이에 결혼해 학교에 다니면서 동시에 아이를 돌보며 가장 역할을 해야 했다. 지독한 생활고에 시달리며 소설을 쓰다가 삶이 바닥을 치기 시작했을 때 편집자 고든 리시를 만났다. 그리고 비로소 카버의 삶에도 서광이 비치는가 싶었다. 그제야 주요 작품들이 세상에 빛을 보았는데, 이후 알코올 중독이 다시 그를 지옥으로 몰아넣었다. 치료하기 위해 입원과 퇴원을 반복하며 아내와도 별거하고 두 번의 파산과 두 번의 이혼을 겪는다.

그리고 마침내 시러큐스 대학의 종신교수로 부임하면서 인생의 전성기를 맞지만, 얼마 안 가 모든 직을 내려놓고 아내와 함께 생의 마지막을 보낼 전원으로 거처를 옮긴다. 레이먼드 카버는 그곳에서 암 투병을 하다가 세상을 떠났다.

할리우드 영화를 통해 보는 미국은 실제 미국의 모습과 매우 다르다. 영화는 주로 아메리칸드림을 조장하는 과대 포장된 부자들의 삶이나 갱스터들의 폭력이 난무하는 불법과 한탕주의 세계를 보여준다. 하지만 보통 현대 미국인의 삶은 보다 평범하고 현실적이며 냉소적이다. 문화와 형식만 다를 뿐 사람 사는 세상은 어디나 크게 다르지 않다는 것을 알 수 있다. 레이먼드 카버의 출현이 더 값지고 위대한 까닭이다.

당시 미국은 스콧 피츠제럴드의 소설처럼 주로 부유한 계층의 삶을 그리거나 욕망과 탐욕을 향해 질주하는 인간상을 그린 작품이 대중의 인기를 끌고 있었다. 1960년대는 토머스 핀천, 존 바스 같은 포스트모던한 작가들이 유행했는데, 카버는 정반대의 리얼리즘 기법으로 미국 소시민의 일상을 섬세하게 포착하여 문단의 주목을 받았다. 이때 카버가 발표한 작품은 아무도 주목하지 않던 하층민, 종일 손에 기름을 만지고 쇳가루를 마시는 고단한 블루칼라의 일상을 다룬 것이었다. 카버의 소설은 뭔가 달랐다. 스패너나 드라이버, 나사못 같은 연장 공구로 쓴 것처럼 단순하고 탄탄한 언어로 이루어져 있었다. 그간 보았던 세계와는 완전히 다른 진짜 미국 소시민의 아주 사소한 일상이 그야말로 평범한 언어와 짧은 문장에 담겨 있었다. 그것은 깨지지 않는 작은 강철 그릇과 같았다.

레이먼드 카버

1938년 미국에서 태어나 가난한 노동자 가정에서 유년 시절을 보냈다. 20세기 후반 미국 문학을 대표하는 작가로 평가받고 있으며 1988년 폐암으로 사망했다. 레이먼드 카버는 미국 문단에서 '미니멀리즘 소설의 정점'으로 평가받으며 '헤밍웨이 이후 가장 영향력 있는 소설가'로 불린다. 그의 등장으로 미국 문학은 상류층 일변도의 삶을 묘사한 문학에서 하층민, 블루칼라 계급의 삶에 관심을 두게 되었다. 경제적 어려움으로 일과 글쓰기를 병행하느라 주로 단편 작업에 매진했고, 〈에스콰이어〉 지에 단편을 발표하며 주목받았다. 〈대성당〉 발표 후 문단의 총아로 떠올랐다. 소설집 《사랑을 말할 때 우리가 이야기하는 것》, 《대성당》, 《제발 조용히 좀 해요》, 시집 《울트라마린》, 《밤에 연어가 움직인다》, 《물이 다른 물과 합쳐지는 곳》, 《폭포로 가는 새 길》 등이 있다.

우리는 왜 헤어졌을까

사랑과 인내가, 그가 이 두 가지를
동시에 가지고 있기만 했어도,
두 사람 모두를 마지막까지 도왔을 것이다.
그랬더라면 그들의 아이들이 태어나서
삶의 기회를 가졌을 것이고,
머리띠를 한 어린 소녀가
그의 사랑스러운 친구가 되었을까.
한 사람의 인생 전체가
그렇게 바뀔 수도 있는 것이다.
아무것도 하지 않음으로써 말이다.

- 이언 매큐언, 《체실 비치에서》

문득 바다에 가고 싶을 때가 있다. 사람들로 북적이는 도시를 떠나 텅 빈 해변에 앉아 멀리 보이는 수평선과 밀려오는 파도의 포말을 아무 생각 없이 바라보고 싶다. 먼바다에서 바람에 의해 만들어진 풍랑은 바람이 전혀 불지 않는 곳까지 파문을 만들며 수천 킬로미터를 이동한다고 한다. 해변에서 만나는 파도는 어디선가 생성된 바람의 소식을 가지고 먼 길을 달려온 방문객인 셈이다. 그것은 가장 신비로운 파동(波動)이며 파장(波長)이다. 바다는 늘 파도를 품고 있다. 날씨와 시간에 따라 물결의 높낮이가 다를 뿐. 그래서 우리는 이렇게 끊임없이 생성되고 밀려왔다가 사라지는 파도와 포말을 보며 인생을 떠올리기도 한다.

'그때 인생에서 높은 파도가 밀려왔을 때 조금만 더 버텼더라면 다시 잔잔한 수면을 볼 수 있었을 텐데……. 저 높은 파도가 앞으로 내게 닥칠 운명이라면 해변의 마음으로 그것을 순순히 받아들이며 살아야 하지 않을까. 그러다 보면 언젠가는 모나지 않은 조약돌처럼 둥글게 살아갈 날도 찾아오겠지.'

이런 후회와 상념을 품고 바다를 응시할 것이다. 하지만 우리에겐 자연과 같은 성숙함과 인내심이 없다. 인간은 나약하고 실수투성이인 존재이기 때문이다. 영국 출신의 작가인 이언 매큐언은 《체실 비치에서》에서 그런 인간의 한계와 운명적 비애를 깊고 섬세하게 그려 냈다.

　1960년대 초 전환기의 영국을 배경으로 하는 이 소설은, 첫눈에 반한 두 인물의 연애와 이들이 신혼여행지인 체실 비치에서 갑자기 작별하게 되는 사연을 그린다. 당시는 여러 이념이 충돌하던 시기였다. 이 소설은 간단한 이야기 속에 담긴 작가의 메시지가 무엇인지에 대해 곰곰이 생각하게 한다. 이야기가 진행될수록 두 인물의 서로 다른 가치관이 드러나고, 이로써 독자는 이야기 속에 다분히 정치적인 함의가 담겨 있음을 알게 된다.
　이언 매큐언은 영국의 군 장교의 가정에서 태어나 아버지의 근무지였던 독일, 싱가포르, 북아프리카 등 여러 나라를 돌아다니며 성장했다. 그래서인지 그의 작품에는 유럽 국가들의 현대사 속에서 어느 한 곳에 정주하지 못하고 방황하는 이방인의 모습이 자주 등장한다. 해체되거나 파국을 맞는 가족의 모습이나 불화하는 연인들이 끝내 이루지 못한 사랑을 다룬 소설들에서, 개인으로서는 어쩔 수 없는 불가항력의 상황에 대한 체념과 우수(憂愁) 가 느껴진다.

영불해협과 조약돌이 깔린 아름다운 해변, 체실 비치로 신혼여행을 온 한 쌍의 젊은 부부 에드워드와 플로렌스는 결혼식을 올린 지 불과 몇 시간 만에 파경을 맞는다. 왜 그랬을까. 왜 이들은 헤어졌고, 무엇 때문에 그 짧은 시간 동안 일어난 일들을 평생 후회하며 살아야 했을까. 소설은 현재 이야기 속에 과거의 에피소드들을 오버랩하며 전개된다. 세월이 지나 돌이켜 그날을 회상하니 과거의 모든 장면에는 다 그만한 이유가 있다고. 마치 영상 편집기를 앞뒤로 돌리며 조각조각 흩어진 장면들을 재구성하듯 정교하고 치밀하게 보여준다. 이언 매큐언 특유의 탁월한 묘사와 섬세한 문장은 책을 읽는 내내 감탄을 자아낸다.

에드워드와 플로렌스는 육체적으로 순결하고 정신적으로도 고고한 가치를 지향하는 지식인이다. 문제는 이들이 너무 똑똑하고 훌륭한 젊은이들이라는 점이다. 신혼 여행지도 더할 나위 없는 비경을 자랑하는 낭만적인 장소였다. 그들에게는 먼 미래를 향한 아찔한 계획들이 산더미처럼 쌓여 있었다.

에메랄드빛 바다가 보이는 전망 좋은 호텔방의 창

가에 앉아 두 사람은 품위 있게 식사한다. 식탁 위에는 프랑스산 와인과 정갈한 음식이 놓인 은접시가 있고, 방에는 네 개의 기둥이 있는 고전적인 침대도 있다. 하지만 두 사람은 신혼 첫날의 의식을 앞두고 잔뜩 긴장한 상태다. 이날을 위해 각자 나름대로 준비하고 학습했지만, 계획처럼 사랑을 나누는 일은 쉽지 않다. 초조해진 새신랑 에드워드가 안절부절못하며 실수를 연발한다. 플로렌스가 에드워드에게 먼저 침대로 가자고 제안하지만, 사실 플로렌스는 섹스에 대한 공포가 있다. 서툴고 급한 에드워드와 남자를 받아들일 준비가 돼 있지 않은 플로렌스는 서로의 육체에 수치심만 남기고 만다. 성적 흥분이 절정으로 치닫는 지점에서 에드워드가 실수해 버리고, 어린 시절 아버지로부터 성적 학대 경험이 있는 플로렌스는 본능적으로 수치심을 느끼며 호텔방을 도망치듯 빠져나간다.

에드워드는 플로렌스가 꿈꾸던 이상적인 남자였다. 담배도 피우지 않고 겉치레에도 그다지 관심이 없는 데다 약간 촌스럽기는 해도 지적이고 그런대로 남성미를 풍기는 청년이었다. 플로렌스 또한 전형적인 미이이었고 에드워드를 사로잡는 묘한 매력이 있었다. 두 사람은 지역 핵군축 캠페인 모임에서 처음 만났다. 역사학도였던 건강한 청년과 유서 깊은 음악당에서 연주자들의 일을 도우며 바이올리니스트를 꿈꾸었던 처녀. 그보다 더 완벽할 수 없는 조합이었다.

하지만 이들은 서로 다른 가정환경에서 자라온 내력이 있었다. 플로렌스는 사업을 하는 아버지와 철학자이자 교수였던 구식 블루스타킹●인 어머니 아래서 엄격한 가정교육을 받으며 자랐다. 그녀의 집안은 보수적인 정치관을 갖고 있었다. 한편 에드워드는 플로렌스의 도회적인 집안 분위기와는 달리, 교외의 작은 마을에서 태어나 성장했다. 시골 학교의 교장인 아버지와 정신착란을 앓는 어머니 아래서 어머니를 대신해 두 동생을 돌보며 살아왔다. 집안은 늘 어수선했고 여기저기 빨랫감들이 널브러져 있었다. 정신이 반쯤 나간 그의 어머니는 종일 물감 범벅이 되어 해독할 수 없는 풍경들을 그리곤 했다.

에드워드는 잘 정돈되고 빛나는 플로렌스의 삶을 동경했다. 사실 그것은 본능적인 것이기도 했다. 게다

● 18세기 중반, 영국에서 처음 생긴 용어로 문학 애호가나 비평가 등을 자처하는 사교계의 여성들을 조롱하기 위해 주로 사용되었다. 남보다 튀는 푸른색 양말을 신고 문학 모임에 참석한 한 여성으로부터 유래되었다.

가 처음 경험한 클래식 음악은 황홀할 정도로 그의 뇌리에 깊이 각인되었다. 플로렌스도 역사에 대해 해박한 지식을 갖춘 에드워드가 좋았다. 그는 흑백논리로 세상을 보는 어머니와 자본주의적 삶을 지향하는 아버지와 달라 보였다. 플로렌스는 에드워드로부터 결핍을 채워 주는 지식인의 세계를 발견했다. 그녀는 앞으로 자신이 걷게 될 현명한 길 앞에서 뿌듯함을 느꼈다.

플로렌스는 어두워지는 자갈밭 위로 에드워드가 걸어오는 것을 본다. 아무 일도 없었더라면 그들은 지금쯤, 이 멋진 조약돌 해변을 거닐며 산책을 하고 있었을 것이다. 하지만 호텔에서 2마일이나 떨어진 해변까지 홀로 걸어온 그녀를 에드워드는 이해할 수 없다. 화가 나서 투덜거리는 에드워드에게 플로렌스는 우리는 결코 행복한 부부가 될 수 없다고 선언한다. 급기야 서로의 수치심을 건드리는 민감한 말까지 쏟아붓고 빈정거리는 단계까지 이른다. 결혼식을 올린 지 겨우 여덟 시간이 지난 후다.

플로렌스는 자신은 결코 섹스에는 재능이 없으니 원한다면 다른 여자와 잠을 자도 좋다고 소리치고, 에드워드는 플로렌스를 향해 불감증이 분명하다고 분노를 터트린다. 그렇게 서로에게 모욕을 주고 상처를 안긴 후 그들은 헤어진다. 눈이 시리도록 아름다운 풍광 속에서 연인들은 파국을 맞는다.

만일 그들이 상대에게 조금만 더 솔직하고 서로가 느끼는 두려움에 대해 허심탄회한 대화를 나눴다면 결말은 달랐을지 모른다. 하지만 두 사람은 완벽한 모든 조건을 갖췄음에도 정신적으로는 채워지지 않은 공백이 있었다. 어둠이 내려오는 시간, 체실 비치는 너무 넓었고, 떠나버린 연인에게 달려가기에 그들은 이미 너무 멀리까지 와버렸다.

이 거리는 평생 두 사람에게 사무치는 회한을 남긴다. 시간이 흐른 뒤에도 남자는 여전히 클래식보다 재즈와 로큰롤을 사랑하고, 여자가 몇 년 후 같은 도시에서 음악가로서 성공적인 데뷔 무대를 가졌음에도 그 소식을 전혀 알지 못한다. 여자는 무대 위에서 그 옛날 자신이 데뷔 무대에 서면 앉아 있기로 약속했던 관객석의 한 좌석을 바라본다. 하지만 그 자리에는 다른 사람이 앉아 있다.

그들이 조금만 참고 그 바다의 해변을 함께 걸어 나왔더라면 많은 것이 변해 있지 않았을까.

사랑과 인내가, 그가 이 두 가지를 동시에 가지고

있기만 했어도, 두 사람 모두를 마지막까지 도왔을 것이다. 그랬더라면 그들의 아이들이 태어나서 삶의 기회를 가졌을 것이고, 머리띠를 한 어린 소녀가 그의 사랑스러운 친구가 되었을까. 한 사람의 인생 전체가 그렇게 바뀔 수도 있는 것이다. 아무것도 하지 않음으로써 말이다.

그러나 변화무쌍한 바다의 일기가 그렇듯 삶의 국면은 언제나 우리의 예측을 빗나간다. 그것 또한 우리가 받아들여야 할 자연의 운명이다. 그때 우리는 서툴렀고, 성숙하지 못했기 때문이다.

이언 매큐언

1948년 영국에서 태어났다. 1970년 서섹스 대학교 영문 학부를 졸업한 후 이스트앵글리아 대학에서 문학 석사 학위를 받았고, 소설가 맬컴 브래드버리의 지도하에 소설 창작을 공부했다. 1975년에 소설집《첫사랑, 마지막 의식》으로 데뷔하며 서머싯몸상을 받았고, 1998년에《암스테르담》으로 부커상을 받았다.《속죄》로 LA타임스 도서상, 전미 비평가협회상 등을 수상했다. 2007년, 이 작품을 원작으로 영화 〈어톤먼트〉가 제작되어 세계적인 작가로 이름을 알렸다.《시멘트 가든》,《이노센트》,《체실 비치에서》,《칠드런 액트》등의 작품이 있다.

위대하고 개인적인 비극을 위하여

그는 달랐어.
개츠비는 미래를 믿었어.
그래서 마음에 켠 등불을
단 한 번도 꺼뜨리지 않았지.

- F. 스콧 피츠제럴드, 《위대한 개츠비》

미국의 남쪽 끝, 플로리다주 항구도시인 키웨스트
가 있다. 우리나라의 해남 땅끝마을 같은 곳이다. 그
곳에서 문호 헤밍웨이는 스페인 내전을 주제로《누구
를 위하여 종을 울리나》라는 대작을 집필했다. 또한
평소 바다낚시를 좋아했던 그는 거기서 위대한 소설
《노인과 바다》를 완성했다. 키웨스트는 테네시 윌리
엄스가 한때 살았던 곳으로도 유명하다. 육지가 끝나
는 곳에서 거대한 바다를 보며 대작가들은 깊은 사색
에 잠겼을 것이다. 인간이 얼마나 작고 나약한 존재이
며 인생사는 또 얼마나 덧없고 초라한가. 결국 모든 존
재는 홀로 남는다. 그러니 비탄에 잠길 필요도 슬퍼할
이유도 없다. 수평선 위로 매일 새로운 태양이 다시 떠
오를 테니까.

그래서일까. 헤밍웨이가 키웨스트에서 살던 시절,
스콧 피츠제럴드에게 보낸 편지는 잔인할 정도로 솔
직하고 대담하다. 한편으로는 작가가 작가에게 보내
는 최선의 격려가 담겨 있다. 당시 스콧 피츠제럴드는
방탕한 생활과 복잡한 결혼 생활로 지옥 같은 나날을
보내고 있었다. 그의 아내 젤다는 스콧 피츠제럴드가
이후 발표한 작품 속에 나오는 신경쇠약에 걸린 인물
들처럼 극심한 정신 분열을 앓고 있었다. 모두가 반대

한 결혼이었지만, 그 선택이 자신의 생명을 단축할 만큼 비극적인 삶으로 이어질 거라고는 전혀 예감하지 못했을 것이다.

다음은 헤밍웨이가 스콧 피츠제럴드에게 보낸 편지 내용의 일부다.

> 개인적인 비극 따위는 잊어버려. 우린 애초에 모두 엉망진창이었고 특히 자넨 심각하게 글을 쓰려면 죽어라 아파야 하지. 하지만 된통 상처를 입으면, 그걸 이용해. - 속이지 말고, 과학자처럼 정확하고 충실하게 다뤄. - 하지만 자네나 자네에게 속한 사람에게 일어난 일이라고 뭐든지 중요한 일이라고는 생각하지 마. (……) 스콧, 좋은 작가들은 언제나 돌아와. 언제나.

헤밍웨이의 편지를 받고 스콧 피츠제럴드는 이듬해 1934년, 아내 젤다와 헤어진다. 두 사람은 결국 연인에서 부부로 이어진 오랜 세월 동안의 관계를 깨끗이 청산했지만 이미 몸도 마음도 형편없이 망가져 있었다. 젤다는 신경증이 악화되어 정신병원에 입원했고, 알코올 중독이었던 스콧은 심장마비로 1940년 44

세를 일기로 세상을 떠났다.

《위대한 개츠비》는 당대의 내로라하는 많은 작가에게 찬사를 받았지만, 출간 당시의 판매 실적은 그리 신통치 않았다. 물론 지금의 우리는 《위대한 개츠비》가 20세기의 가장 위대한 미국 소설 중 하나이며, 여전히 영화와 오페라, 음악 등 수많은 장르에서 끊임없이 재해석되고 있음을 안다. 주인공 개츠비는 전 세계 독자와 작가들에게 큰 사랑을 받고 있다. 스콧 피츠제럴드는 개츠비를 통해 공중에서 눈부시게 작렬하며 터지는 조명탄처럼 처절하게 죽어가는 청춘의 종말을 적나라하게 비춰 보였다. 작가 자신이면서 미국 문명을 상징하는 인물로 형상화된 개츠비는 오직 사랑이라는 단 하나의 꿈을 향해 질주했던 그 시절 세대의 마지막 얼굴이었을 것이다.

1922년 미국 뉴욕 롱아일랜드를 배경으로 한 이 작품은 물질적 풍요를 이룬 반면 도덕적으로는 타락해 가는 당시 미국 사회의 절망적인 모습을 담았다.

주인공 개츠비는 막대한 부를 이룬 백만장자로 주말마다 자신의 집으로 사람들을 초대해 호화로운 파티를 벌인다. 푸른 정원에는 샴페인과 별빛이 흘러 넘치고 화려한 의상을 입은 남자와 여자들이 그 사이를 부나비처럼 오갔다. 이웃인 닉 캐러웨이는 이런 개츠비에 관심을 갖게 된다. 어느날 닉은 예상치 못했던 파티의 초대장을 받게 된다. 바로 이웃인 백만장자 개츠비로부터 온 것이었다. 닉 또한 개츠비의 초대를 받고 파티에 참석한다. 개츠비와 우정을 쌓게 된 닉은 개츠비가 옛 연인을 찾기 위해 이곳에 온 것을 알게 된다. 그가 사랑했던 여자는 닉의 먼 친척인 데이지였다. 그러나 데이지는 가난했던 옛 연인 개츠비는 잊고 부유한 톰과 이미 결혼한 상태다. 하지만 데이지의 삶은 그리 순탄치 않아 보인다. 바람둥이 남편 톰 때문이다. 톰은 자동차 정비공의 아내 머틀 윌슨과 눈이 맞아 바람을 피우는 중이다.

닉은 개츠비의 부탁을 받고 톰과 함께 데이지를 자신의 집에 초대한다. 개츠비는 데이지에게서 눈을 떼지 못한다. 그는 너무도 오랫동안 그 순간을, 집중하고 몰입하며 꿈꾸어 왔던 것이다. 저녁 파티에 톰 부부가 다녀간 날, 개츠비는 남편과 자신 사이에서 태도를 분명히 밝히지 않는 데이지 때문에 불안해한다. 그는 결연한 표정으로 다시 모든 것을 예전 그대로 돌려놓겠다고 다짐한다.

톰이 파티에 대한 답례로 개츠비와 친구들을 초대한 날, 어색한 분위기 속에서 유쾌함을 가장하며 그들은 함께 점심을 먹고 시내로 출발한다. 최종 행선지는 센트럴파크 남쪽, 플라자 호텔 스위트룸으로 정했다. 톰이 개츠비에게 노골적으로 시비를 걸기 시작한 것도 그즈음이다. 톰은 개츠비가 밀수업자라는 사실을 폭로하며 그를 조롱한다. 화가 난 개츠비는 톰에게 데이지가 사랑하는 것은 바로 자신이며 곧 자기에게 돌아올 것이라고 말한다.

우리는 서늘한 황혼녘의 도로를 그대로 질주하여 죽음으로 나아갔다.

개츠비와 데이지가 탄 차가 먼저 출발하고 닉과 조던을 태운 톰의 차가 그 뒤를 이어 달린다. 톰의 차가 계곡에 이르렀을 때는 뺑소니차 한 대가 정비공의 아내 머틀 윌슨의 몸을 들이받고 길모퉁이 너머로 사라진 후다. 머틀은 남편과 싸운 후 악을 쓰고 달려 나갔는데, 그대로 차에 받혀 죽고 말았다. 시신 앞에서 한 목격자가 경관에게 최신형의 크고 노란 차를 보았다고 증언한다. 닉은 개츠비에게 그날 밤에 관해 묻지만,

그는 모호한 말로 대답을 회피한다. 닉은 그날 뺑소니 사고의 범인이 데이지임을 깨닫는다.

초가을 오후, 개츠비는 단 한 번도 사용하지 않은 수영장으로 나간다. 잠시 후, 소리 없이 누군가가 다가온다. "탕!" 창공을 가르고 한 발의 총성이 울린다. 사람들이 달려갔을 때 수영장에는 이미 붉은 핏물이 물들고 있었다. 윌슨이 톰의 계략에 속아 자기 아내를 죽인 범인이 개츠비라고 확신하고서 그를 향해 방아쇠를 당긴 것이다.

닉은 혼자서 개츠비의 장례를 준비한다. 장례식은 한산하다. 잠시 후 개츠비의 아버지가 찾아오고 그는 닉에게 소년 시절 개츠비가 쓴 낡은 책의 기록을 보여준다. 미래를 준비하기 위해 소년이 세웠던 하루 일과표와 결심들이 빼곡하다.

장례를 마친 후 닉은 톰을 만나 그날 오후 윌슨에게 무슨 말을 했는지 묻는다. 짐작대로 톰은 뺑소니차의 운전자로 개츠비를 지목했다고 털어놓는다. 허탈해진 닉이 중얼거린다.

그는 달랐어, 개츠비는 미래를 믿었어. 그래서 마음에 켠 등불을 단 한 번도 꺼뜨리지 않았지.

《위대한 개츠비》는 이렇게 성공을 꿈꾸다 파멸한 제임스 개츠의 짧고 허무한 일대기를 그리고 있다. 제임스 개츠는 개츠비의 본명이다. 사실 그는 실패한 농사꾼의 아들이었다. 제대한 후 제임스 개츠는 뱃사람인 코디를 만나 그의 곁에서 허드렛일을 도우며 생활하다가 코디가 불의의 사고로 죽자 그에게서 배운 대로 밀주 유통을 시작했다. 그것은 불법적인 일이었지만 짧은 시간에 막대한 부를 축적할 수 있는 일이었다. 이렇게 자산가가 된 개츠는 이름을 개츠비로 바꾼 후 데이지 앞에 모습을 드러낸 것이다. 개츠비가 숨기고 있던 실체였다.

개츠비가 사람들에게 본인을 소개한 것처럼, 그는 전통 있는 명문가의 부잣집 아들도 아니었고 옥스퍼드 대학에서 교육받은 엘리트 출신도 아니었다. 더욱이 부유한 상선의 주인에게 유산을 물려받은 행운아도 아니었다. 신분을 바꾸고 싶은 욕망 때문에 모든 것을 날조한 거짓말쟁이였을 뿐이었다. 하지만 그는 완벽한 사기꾼도 위선자도 될 수 없었다. 한 여자만을 향한 사랑을 끝내 저버릴 수 없었던 나약하고 순수한 인간이었을 뿐이다.

개츠비는 오직 데이지의 집 창문 너머에서 비치는

초록색 불빛만을 보았다. 마치 눈이 멀 때까지 태양을 바라보며 걸었던 사람처럼. 이 지고지순한 향일성이 그의 본질이었다. 소년 시절 미래를 위해 하루 일과표를 작성하고 일기를 썼던 모습이 진짜 개츠비였다.

《위대한 개츠비》의 배경은 1920년대 제1차 세계대전이 끝난 후 금주법이 시행되고 있던 시절의 미국이다. 빠른 속도로 진행되는 파격적인 이야기는 그 시대 젊은이들의 의식과 가치관을 그대로 보여준다. 철학자 쇼펜하우어가 '지금 이 순간을 즐겨라'라고 했던 것처럼 흥청망청 소비하며 자유분방한 세계에서 타락의 정점을 향해 거침없이 치닫는 세태의 풍경을 섬세하게 그려 냈다. 이 시기는 대공황을 전후로 빈부의 격차가 심화하고 도덕이 붕괴하면서 한탕주의와 정치적인 야합, 불법이 난무하던 때였다. 전쟁으로 인해 유럽은 황폐했고, 숭고함과 질서를 중시하던 관념적인 가치관과 이상적인 세계관이 더 이상 환영받지 못했다.

《위대한 개츠비》는 주인공 개츠비를 통해 그 시절 사람들이 꿈꾸고 있던 화려한 자본주의의 이상이 무엇인지를 보여준다. 한편으로는 합법적으로 그 성공을 이루기 위해서는 어떤 조건들이 필요했는지도 보여준다. 금수저를 물고 태어난 사람이 아니면 보통의 사람들이 다가가기조차 힘든 세계. 닉과 개츠비가 사는 웨스트에그와 톰과 데이지 부부가 사는 이스트에그 사이에 바다가 존재하는 것처럼, 너무도 극명하게 나뉘어진 세계. 그래서 개츠비는 사랑조차도 불법을 동원하지 않으면 안 되었던 것이다.

반대로 톰은 모든 것을 너무도 쉽게 얻었다. 태어나면서 주어진 부와 명예, 심지어는 친구와 여자들까지도. 그리고 그들의 세계는 견고했다. 데이지는 잘 알고 있었다. 톰과 개츠비의 세계가 완전히 다르다는 것을.

헤밍웨이의 말처럼 개인적인 비극은 현재를 살아가는 삶에 도움이 되지 않는다. 하지만 작가는 자신의 체험을 바탕으로 비록 사후일지언정 결국 빛을 본 눈부신 작품을 써냈다. '좋은 작가는 언제나 반드시 돌아온다'라고 말한 헤밍웨이의 격려는 여전히 모든 작가와 예술가들에게 유효한 예언이다.

F. 스콧 피츠제럴드

1896년 미국에서 태어났다. 프린스턴 대학에 입학했으
나 졸업하지 못했다. 1919년 자신의 프린스턴 시절 이야
기를 그린 재기 넘치는 장편소설《로맨틱 에고이스트》가
《낙원의 이쪽》이라는 제목으로 스크리브너에서 출간되
어 어마어마한 성공을 거두었다. 1925년 대표작인《위대
한 개츠비》를 발표하며 문단의 총아로 떠오른 그는 T. S.
엘리엇, 거트루드 스타인 등 당대 최고의 작가와 평론가
들로부터 '문학적 천재'라고 칭송받았다. 작가로서 그가
누린 명성은 오늘날 할리우드 스타 못지않았다. 1934년,
9년 만에 장편소설《밤은 부드러워》를 출판했다. 이 작품
은 훗날《위대한 개츠비》와 함께 '랜덤하우스 선정 20세
기 영문학 100선'에 올랐다. 할리우드 영화계 이야기를 담
은《마지막 거물의 사랑》을 집필하던 중인 1940년 심장
마비로 사망했다.

나는 천국으로 가고 싶지 않소.
나는 지옥의 가장 밑바닥으로 갈 것이오.
그리고 천국에는 있지 않을
니콜로를 다시 찾아내어
이 생에서 완전히 하지 못한
복수를 다시 할 것이오!

———————————————

- 하인리히 폰 클라이스트, 〈버려진 아이〉

파국에서 새로운 비극을 예고하다

나이가 들어가며 사람에게 마음을 여는 일이 점점 어려워지는 것을 느낀다. 사람뿐만 아니라 깊이 매혹되는 책이나 작가를 만나는 일도 드물어진다. 그러던 어느 날 다시 모든 것이 무장 해제되고 마음의 철벽이 무너지는 사건이 일어났다. 18세기에서 온 독일의 소설가 하인리히 폰 클라이스트 덕분이었다. 그 어디에서도 이름 한 번 들어본 적 없는 작가였다. 신대륙을 발견한 기쁨이었다.

오에 겐자부로의 《아름다운 애너벨 리 싸늘하게 죽다》를 읽던 중이었다. 소설 속에서 장황하게 소개하고 있는 또 하나의 소설이 있었는데, 바로 클라이스트의 〈미하엘 콜하스〉였다. 오에가 소설에서 클라이스트의 소설을 인용한 비중이 꽤 크기도 하고, 맥락상 클라이스트의 소설이 오에 소설의 메시지에 꽤 중요하게 기여하고 있다는 생각이 들어 궁금해졌다. 잠시 비밀스러운 오솔길을 산책하러 나가는 기분으로 200년 전의 낯선 작가, 클라이스트를 처음 만나게 되었다.

독일의 극작가이며 시인, 소설가로 알려진 하인리히 폰 클라이스트는 1777년에 프로이센 왕국에서 태어났다. 그가 남긴 작품이 다시금 주목받아 재평가받은 것은 20세기 초 무렵이다. 당대에는 안타깝게도 인정받지 못했던 작가였다.

소설로 접해볼 수 있는 그의 작품은 단편집에 수록된 소설 여덟 편이 전부였지만, 확실히 독특한 매력이 있었다. 도스토옙스키를 연상시키는 강인함과 단호하고 잔혹하며 비정함까지 느껴지는 문체, 혹은 카프카적인 환상성을 비롯하여 트라우마가 있는 등장인물들과 극단까지 밀어붙이는 도무지 결말을 짐작할 수 없는 전개, 짧은 분량임에도 유장한 장편의 서사가 느껴지는 구성 등에서 왜 그가 수 세기가 지난 후에 다시 주목받게 됐는지 알 수 있었다. 클라이스트가 쓴 이야기들은 도저히 프로이센이라는 봉건적인 시대에 쓰인 글이라고는 믿기 어려운, 발표되기 어려웠을 금기된 소재로 가득했다.

〈O… 후작부인〉에서 귀족 출신의 미망인인 후작부인은 전쟁의 포화 중에 대피하다가 러시아 병사들에게 강간당할 위험에 처하는데, 우연히 러시아 귀족 장교의 도움으로 위기를 모면한다. 그는 실신한 후작부인을 보살펴 준다. 그런데 나중에 후작부인은 자신이 의식을 잃은 상태에서 임신하게 됐다는 사실을 알게 되고, 사생아를 잉태한 죄로 집안에서 쫓겨난다. 이후 후작부인은 신문에 파격적인 내용의 광고를 게재한다. 자기가 임신한 아이의 생물학적 아버지가 나타난다면 그와 결혼하겠다는 내용이다. 중세 봉건사회에서는 도저히 상상조차 할 수 없는 일이다. 이후 믿을 수 없는 일이 전개된다.

〈칠레의 지진〉에서는 귀족의 딸 호세페가 평범한 스페인 청년 헤로니모와 연애하다 발각돼 수녀원에 갇히는데, 이곳에서도 은밀한 만남을 지속하다가 임신하게 된다. 누이를 몰래 감시하던 오빠의 밀고로 이 사실이 아버지에게 전해지고, 가문의 수치로 전락한 호세페는 종교법에 따라 교수형을 선고받는다. 감옥에서 이 소식을 들은 헤로니모는 죄의식과 괴로움에 오열하며 자신도 연인 호세페가 처형되는 그 시간에 목매달아 죽을 결심을 한다. 그런데 마침 그 시각, 칠레 전역에 대지진이 발생한다. 땅이 갈라지고 산이 무너지며 강물이 범람해 마을을 덮친다. 사람들은 갈라진 땅 틈새로 빠져 사라지거나 피투성이가 되어 몸을 피하느라 정신이 없다. 그 와중에 가까스로 죽음을 피한 두 사람은 재난의 한가운데로 뛰어들어 조금 전까지 자기들에게 돌을 던지던 사람들을 구조한다. 이어

지진이 잠잠해지고, 어느 정도 혼란이 수습되자 군중의 눈빛은 이내 달라진다. 그들은 마치 지진이 바꿔놓기 전의 세상으로 시간을 돌려놓겠다는 듯이 수녀원의 매춘부(호세페)를 찾아 인간 사냥을 시작한다.

〈미하엘 콜하스〉는 《아름다운 애너벨 리 싸늘하게 죽다》에서 영화 시나리오를 위해 소개되는 원작 소설로 나오는데, 실제로 5년 후에 〈미하엘 콜하스의 선택〉이라는 제목의 영화로 제작되어 개봉되었다. 이 소설은 클라이스트의 다른 작품보다 극적인 요소가 풍성하고 중세 영웅 서사의 조건을 갖춘 문제작이다. 상처 입은 인간에게 법은 어디까지 정의 구현을 해줄 수 있는가, 인간이 정의롭다고 생각하는 인식의 한계는 어디까지인가, 폭력은 또 다른 폭력으로 정당화될 수 있는가 등 수많은 질문을 던진다.

〈미하엘 콜하스〉는 한 남자가 거대한 권력과 맞서 싸우는 외로운 투쟁기다. 16세기 중엽, 말장수 미하엘 콜하스가 통행 허가증이 없다는 이유로 성문 통과 금지 조치에 말 압수 통지까지 받으면서 사건이 시작된다. 그러나 실상 통행 허가증 같은 것은 이전엔 존재하지도 않았다는 것을 아는 콜하스는 성주가 제멋대로 정한 규율이라는 것을 깨닫는다. 뒤이어 하인은 폭행당하고 말은 죽어서 돌아온다. 콜하스가 소송을 제기하고, 성주에게 소송장을 제출하러 간 아내는 피투성이가 돼 시체로 발견된다. 분노한 콜하스는 스스로 군사를 일으켜 성을 습격하기에 이른다. 직접 정의를 실현하겠다고 거리로 나섰지만, 그가 모집한 군사는 목적을 달성했음에도 흥분한 채 도시를 약탈하고 불 지르며 살인까지 저지른다.

작품마다 개성이 강하고 등장인물들은 긴박하고 특수한 상황에 놓여 있다. 이들은 당시의 관습, 종교, 율법, 엄격한 원칙에 통제받으며 자유롭지 못한 상황에 갇혀서 고통받는다. 이때, 자신이 정의라고 생각하는 것이 있다. 이들에게는 그것만이 오직 삶을 지탱하는 희망이고 탈출구다. 용기를 내서 가장 눈부신 곳으로 그 불빛을 향해 도약한다. 하지만 휘황찬란한 불꽃 속에서 드러나는 적나라한 현실은, 그들을 도가니 안의 뜨거운 풀무불에 타죽게 만드는 것만으로 끝내지 않는다. 현실은 더 아득한 미궁이다. 이처럼 클라이스트의 파국은 결말에서 마침표를 찍는 비극이 아니라 거기서부터 언제나 새롭게 시작 가능한 비극의 서막을 보여주므로 더 막막하다. 영원히 끝날 것 같지 않은 비극 말이다.

〈버려진 아이〉는 극단으로 치달은 파국이 이후로도 계속된다는 암시가 더욱 강하게 담긴 작품이다.

상인 피아치는 사업상 긴 여행을 할 일이 많은데, 열한 살 된 아들을 데리고 다니기도 한다. 어느 날, 머물러야 할 도시에 전염병이 돌기 시작했다는 소식을 듣고 어린 아들이 걱정되어 급히 도시를 빠져나온다. 이때 전염병에 걸렸다는 한 소년이 나타나 애원하는 바람에 어쩔 수 없이 도와주다가 경찰에게 발각되어 일행 모두가 체포된다. 병원으로 강제 이송되어 대기하면서 병에 걸린 소년은 차츰 회복되는데, 피아치의 아들은 전염병으로 죽고 만다. 휘몰아친 폭풍처럼 뒤바뀐 운명에 망연자실할 새도 없이 피아치는 아들의 장례를 치르고, 대신 살아난 소년 니콜로를 집으로 데리고 온다.

피아치의 부인 엘비레는 그간의 사정과 아들의 사망 소식을 듣고 눈물을 흘리며 낯선 고아 니콜로를 말없이 껴안는다. 니콜로는 이들 부부에게 양자로 입양되어 정식으로 재산 상속 권리를 얻게 된다. 피아치는 기대 이상으로 영리한 니콜로에게 흡족해하는 한편,

소박한 엘비레와 은퇴해서 평온한 노년을 꿈꾼다. 하지만 니콜로는 커 갈수록 여성에게 집착하고, 본능을 쉽게 절제하지 못한다. 엘비레는 섬세한 감각으로 그것을 일찌감치 눈치챈다. 니콜로 또한 불안한 눈빛으로 자신을 바라보는 엘비레의 시선을 느낀다. 엘비레의 얼굴에는 항상 근원을 알 수 없는 슬픔이 깃들어 있었는데, 그것은 피아치와 엘비레 두 사람만 아는 과거의 일 때문이다.

엘비레가 처녀였을 때, 화재 속에서 엘비레를 구하려다 한 귀족 청년이 목숨을 잃는 일이 있었다. 병상에서 죽어가는 귀족 청년을 간호하는 엘비레를 우연히 본 상인 피아치가 그녀에게 청혼하면서, 이들의 인연이 시작되었던 것이다. 엘비레의 슬픔을 이해할 수 있는 사람은 오직 피아치 단 한 사람뿐이었다.

니콜로의 아내가 해산하다가 세상을 뜬 날, 니콜로가 하녀와의 불륜을 엘비레에게 들킨다. 니콜로는 이 일을 매우 수치스러워하며 아내의 유산 상속에 걸림돌이 될 것을 불안해한다. 그러던 중 엘비레의 방을 지나다 엘비레가 조각상 앞에서 기도하는 모습을 목격하는데, 그 조각상의 실제 대상이 자신(니콜로 Nicolo)과 철자 몇 개만 바꾸면 달라지는 이름인 '콜리

노(Colino)'임을 알게 된 후, 그는 엘비레를 교묘한 방식으로 괴롭혀 정신착란에 이르게 한다. 콜리노는 과거 화염 속에서 엘비레를 구해준 귀족 청년의 이름이었으나, 우연히 이름의 철자와 외모까지 니콜로와 닮아 있던 것이다. 사정을 알게 된 니콜로는 조각상 대신 자신이 똑같은 차림새로 변장해 휘장 속에 숨는 만행까지 저지르며 정신이 혼미해진 엘비레를 겁탈하려고 한다. 이때 방안으로 들이닥친 피아치가 이 모든 광경을 목격한다. 피아치는 니콜로의 체포권을 얻기 위해 서두르고, 니콜로는 교단의 수사들에게 자신을 보호해 달라고 요청한다. 엘비레는 고열에 시달리다 죽고, 피아치는 니콜로를 잔인하게 살해한 후 교수형을 선고받는다. 그는 사형 집행 전까지 죄의 사면을 거부하며 다시 태어나도 니콜로에게 복수하겠다고 다짐한다.

> "구원을 받겠느냐?" "아니요"라고 피아치가 대답했다 "왜?" "나는 천국으로 가고 싶지 않소. 나는 지옥의 가장 밑바닥으로 갈 것이오. 그리고 천국에는 있지 않을 니콜로를 다시 찾아내어 이생에서 완전히 하지 못한 복수를 다시 할 것이오!"

교황은 그를 사면 없이 처형하도록 명령한다. 깊고 칠흑 같은 심연의 강물 아래로 끝없이 가라앉고 있을 것 같은 피아치의 파국은 도스토옙스키의 반성 없는 죽음을 선택한 소설 속 인물을 연상시킨다. 폭력을 응징하기 위한 폭력은 어디까지 정당화될 수 있는가. 클라이스트의 분신은 그리하여 20세기가 지난 현대로 다시 돌아와야만 했는지도 모른다.

하인리히 폰 클라이스트

1777년 독일에서 태어난 극작가, 소설가, 시인이다. 독일 고전주의와 낭만주의 사이의 시기에 활동한 개성이 강한 작가였으나 동시대에는 제대로 평가받지 못했다. 그의 작품은 극적인 구성과 강렬하고 번뜩이는 감정 표현과 독특한 미학적 구조로 현대에 와서 그의 예술성이 높이 평가받았다. 희곡으로 〈깨어진 항아리〉, 〈펜테질레아〉가 유명하며, 〈미하엘 콜하스〉, 〈O… 후작부인〉, 〈칠레의 지진〉 등의 단편소설을 썼다. 후대 작가들에게 지대한 영향을 끼쳤다. 1811년 클라이스트는 불치병에 걸린 헨리에테 포겔과 반제호수에서 동반 자살했다. 각각 31세, 34세의 나이였다. 두 개의 관이 하나의 무덤에 합장되었다. 반제호수는 동독과 서독의 사이에 있다. 통일이 된 후 20세기에 이르러 클라이스트는 통일 독일에서 새롭게 재조명되었다.

죄 와 속 죄 진 정 한 구 원 에 대 하 여

그 작은 범죄 하나가 수천 가지의
선한 일로 보상될 수는 없는 걸까?
한 사람의 생명 덕에 수천 명의 삶이
파멸과 분열로부터 구원을 얻게 되고,
한 사람의 죽음과 수백 명의 생명이
교환되는 셈인데,
이건 간단한 계산 아닌가!

– 표도르 도스토옙스키, 《죄와 벌》

†

세상에는 많은 괴짜 작가가 있지만 내가 생각하는 괴짜 중의 괴짜는 단연 도스토옙스키다. 그는 괴팍하고 까다로운 성격의 소유자였으나 한편으로는 인간적이었고, 누구보다 약점이 많았으며 또 언제나 논쟁의 중심에 서 있었다. 그런 탓에 굴곡 많고 극적인 삶을 살았다. 어머니는 폐결핵으로 사망했고 아버지는 시골 영지에서 자기가 학대하던 농노들에게 피살당했다. 그런 과거가 있는 도스토옙스키가 러시아의 왕정을 반대하고 진보적 사회운동을 했다는 것은 그가 얼마나 의지가 굳고 가치관이 명확한 인간이었는지를 보여주는 일례다. 그는 항상 생활에 쫓겨 미리 원고료를 받고 글을 쓰는 이른바 '프롤레타리아 작가'로 유명하다.

도스토옙스키는 톨스토이와 함께 세계의 많은 독자가 사랑하는 작가다. 특히 문인 중에는 도스토옙스키파와 톨스토이파로 분류될 정도로 양쪽 애호가들의 보이지 않는 파벌 또한 만만치 않다. 러시아 소설가이며 철학자인 드미트리 메레시콥스키는 《톨스토이와 도스토옙스키》라는 평론집에서 톨스토이는 '육체의 진리'를 도스토옙스키는 '정신의 진리'를 대표한다고 해석했다. 하지만 톨스토이가 돈에 구애받지 않고 문학에 집중할 수 있는 귀족 출신이었던 반면, 도스토옙스키는 늘 빚에 쫓기면서 원고료로 살아야 했던 생계형 작가였다. 그런데도 돈에 얽힌 욕망과 살인에 관한 사건들을 심오한 철학적 주제로 끌어올려 인간 본질의 문제를 매섭게 파고드는 '넋의 리얼리즘'을 구현해 냈다.

국내에서 가장 많이 읽힌 도스토옙스키의 소설이라면 《죄와 벌》을 꼽을 수 있다. 내가 처음 러시아 문학을 접하게 된 계기도, 도스토옙스키의 매력에 빠지게 된 것도 바로 《죄와 벌》을 접하고부터다. 어느 여름날, 한 대학생이 일주일 동안 겪은 일을 어마어마한 분량으로 써 놓은 이 작품은 너무도 강렬했다. 두고두고 머릿속을 떠나지 않았다. 도스토옙스키는 시간의 흐름 속에서 세계의 본질을 파악하는 시선이 예리하다. 학대받고 모욕받는 소시민들의 심리와 고뇌하는 인간상을 형상화해 공감을 불러일으키는 데 천부적인 재능을 지녔다. 라스콜니코프가 심리적으로 변화를 맞는 회심의 과정은 거대한 한 세계의 패러다임이 바뀌는 과정을 보는 것만 같았다.

도스토옙스키의 소설들은 내게 유난히 무겁고 고

통스러운 주제였는데, 특히 《죄와 벌》은 이미지가 선명하게 떠오르는 소설이어서 오랫동안 작품 속에서 헤어나지 못했다. 얼마간은 꿈속에서도 작품과 관련된 이미지가 떠오르거나 배경이 보여서 피로함이 밀려왔다. 일종의 자각몽이었던 셈이다. 자각몽이란 스스로 꿈이라는 것을 알면서 꾸는 꿈이다.

자주 꾸었던 꿈은 이랬다. 라스콜니코프가 전당포 노파를 살해한 후 고뇌에 빠진 채, 페테르부르크 거리, 운하, 네바 강변, 육로로 연결된 작은 섬 등을 헤매는 모습을 보면서, 동시에 내가 라스콜니코프가 된 것처럼 터덜터덜 무거운 걸음으로 낯선 도시를 오후 내내 배회하는 것이었다. 이 순간이 꿈인 것을 알면서도 오만 가지 근심으로 끔찍한 중량감을 느꼈다.

네바강 위로 핏빛 석양이 타오르고, 태양이 쏜 희고 가느다란 화살들이 전속력으로 날아와 눈을 찔러댔다. 백야가 있을 때의 상트페테르부르크의 석양은 초저녁이 아닌 한밤중이 되어서야 볼 수 있는데 그때의 마지막 햇살은 유난히 날카롭다고 한다. 꿈은 너무도 생생해서 문득 이대로 현실로 돌아가지 못하는 것은 아닐까 하는 걱정에 휩싸이기도 했다. 지하에 있는 음식점과 지저분한 센나야 광장 그리고 선술집 근처의 골목을 방황하며 라스콜니코프가 걸었던 길을 헤매 다녔다. 지금도 같은 꿈을 반복해서 꾸곤 한다. 마치 그가 꿈을 꾸었던 것처럼 나도 그의 꿈을 꾸는 것이다. 그러다 주인을 잃은 그림자처럼 반짝이는 네바강의 수면을 무심히 응시하다 다리를 건너 다시 늪지 섬으로 도피하듯 숨어들곤 한다.

도스토옙스키가 구사하는 넋의 리얼리즘은 이렇게 강력하게 영혼을 흔드는 여운으로 남는다. 그것은 그가 인간의 가장 근원적인 테마를 통해 작품 속의 등장인물에게 생명을 불어넣었기 때문일 것이다. 그런 면에서 도스토옙스키는 문학의 심령술사다.

라스콜니코프를 생각하면 청년 도스토옙스키가 떠오른다. 단순히 같은 하숙방에서 지냈다는 추정 때문만은 아니다. 도박장을 드나들며 룰렛 게임에 빠져 있던 큰 덩치의 사내가 드나들었을 새장 같은 노란 방. 혈기 왕성한 그의 눈에 비친 러시아 사회는 부조리하고 부당한 것투성이였다. 그래서 라스콜니코프로 하여금 정치 모임에 가담케 하고 「범죄에 관하여」라는 논문을 쓰도록 했을 것이다. 그것은 비범한 사람이 지닐 수 있는 권리, 즉 신념이 요구되는 상황에서의 비범한 사람의 범죄는 용납될 수 있다는 논리로, '양심상' 유혈을 허용한다는 내용이다. 공식적이고 합법적인 무엇보다도 끔찍한 발상이 아닐 수 없다.

러시아어로 '범죄'란 경계를 뛰어넘는다는 의미를 지녔다고 한다. 라스콜니코프는 결국 그것을 뛰어넘는 비범인의 길을 선택하고 만다. 이성의 금기를 깨고 경계선을 넘어 불길 속에 몸을 던졌다. 마침 모든 시간과 상황들이 톱니바퀴처럼 정확히 맞물려 돌아갔다. 악마의 계략처럼.

법학도 라스콜니코프는 고결한 영혼의 소유자다. 하지만 임대료는 밀렸고, 빚은 나날이 불어나는 중이다. 며칠 동안 그는 끼니조차 제대로 챙기지 못하고 있다. 만약 선술집에서 만난 퇴역 관리 마르멜라도프에게 비참한 가족의 이야기를 듣지 않았더라면, 가족부양을 위해 창녀로 나선 그의 딸 소냐의 사연을 몰랐더라면, 상황이 더 나빠지지는 않았을지 모른다. 소돔 같은 마르멜라도프의 집에서 폐병에 걸린 아내와 어린 자식들을 본 뒤, 라스콜니코프는 큰 충격에 휩싸인다.

다음 날 어머니로부터 받은 한 통의 편지는 그를 더욱 절망에 빠뜨린다. 편지에는 여동생 두냐가 가정교사로 있던 집에서 모욕을 당한 후 쫓겨난 사연과 원로원에서 변호사로 일하는 루진이 두냐에게 청혼했다는 소식이 적혀 있다. 여동생이 파렴치한 속물인 루진과 원치 않는 결혼을 하게 될 터였다. 두냐는 가족을 위해 자신을 희생시킬 결심을 한 것이다. 라스콜니코프는 여동생 두냐의 결혼이 곧 소냐가 창녀로 내몰리게 된 상황과 다를 바 없다고 생각한다.

라스콜니코프는 동네에서 전당포를 운영하며 고리대금업을 하는 악덕 상인인 노파를 살해하기로 한다. 노파라는 악마 한 사람만 죽이면 자신처럼 빚에 허덕이고 가난에 시달리는 수많은 사람을 구원할 수 있다고 생각한다. 살인이 추악한 범죄라는 것을 알지만, 어떤 때에는 선을 위한 악이 필수 불가결한 선택이 될 수 있다고 자신의 믿음을 정당화한다. 비범인(非凡人)은 한 세계를 구원하기 위해 범인(凡人)을 죽여도 된다는 논리였다. 도시를 배회하던 그는 전당포 노파의 동생이며 지적장애인인 리자베타가 상인과 나누는 대화를 엿듣고 내일 저녁 일곱 시경 리자베타가 집을 비우게 될 예정이라는 사실을 알게 된다.

다음 날, 일곱 시를 알리는 시계의 종소리가 울리자 모든 일은 초자연적인 힘에 마치 옷자락 끝이 바퀴에 휘말려 감겨들듯 기계적으로 진행된다. 경비실 안에 있던 도끼를 훔쳐 외투에 감춘 라스콜니코프는 유유히 하숙집 건물을 빠져나온다.

노파의 집에 도착하자 그는 주저 없이 계단을 오르고, 도끼로 힘껏 노파의 머리를 내리친다. 노파를 살해한 그는 황급히 집을 빠져나가려 하는데, 문득 노파의 방에서 인기척이 들려온다. 방 한가운데에 노파의 동생인 리자베타가 있었던 것. 라스콜니코프는 두려움에 떨고 있는 리자베타에게 다가간다. 그녀는 잔인한 학살자의 두 번째 희생물이 되고 만다.

집으로 돌아오자마자 그는 벽지 안쪽에 숨긴 전당품과 훔친 돈을 가지고 밖으로 나온다. 강물에 던져 버릴 심산이다. 그러나 결국 실행에 옮기지 못하고 어느 집 마당의 돌 아래에 숨겨 놓는다. 그날 이후, 라스콜니코프는 한동안 지독한 열병을 앓는다. 범죄자가 됐다는 자괴감과 한 세계로부터 영원히 단절되었다는 소외감, 견딜 수 없는 우울이었다.

재판을 맡은 판사는 여러 정황을 검토하며 라스콜니코프가 용의자임을 확신하기에 이른다. 소냐는 자신의 죄를 고백하는 라스콜니코프에게 자수를 권유한다. 소냐의 진심 어린 마음이 그의 확고했던 가치관과 사고를 흔든다. 라스콜니코프는 살인죄로 형을 선고받아 시베리아 유형지로 떠난다. 감옥에서 1년 반을 보내고 나왔지만, 그는 자기의 죄를 뉘우치지 않았다. 그러나 유형지까지 따라온 소냐를 통해 마침내 인간에 대한 사랑을 회복한다. 마지막에 와서 그의 창백한 얼굴에도 아침노을 같은 서광이 깃들고 갱생에 대한 가능성이 밝아오기 시작한다.

《죄와 벌》은 실제 러시아에서 있었던 한 살인 사건을 소재로 쓰인 소설이다. 도스토옙스키는 평소 범죄와 사법제도에 관심이 많아서 그에 관한 기사와 재판 기록을 탐독하고 수시로 법정에 가서 재판을 참관했다고 한다. 소설 속에서 라스콜니코프의 범죄 이론이 탄생한 배경이다.

정의와 공동을 위한 선(善)이 무엇인가에 관한 문제는 철학자와 사상가들이 오랫동안 천착한 주제다. 공리주의자인 벤담은 '최대 다수의 최대 행복'이라는 유명한 말을 남겼다. 하지만 도스토옙스키는 《죄와 벌》을 통해 공리주의에 도사린 위험성을 지적한다. 정의는 단순히 산술적인 계산으로 평가되어서는 안 된다는 것이다. 공동선을 하나의 가치로 획일화할 때

생길 수 있는 윤리적 함정에 빠지지 말아야 한다.

라스콜니코프가 자신의 가치를 실현하기 위해 살인을 할 수 있었던 이유 중 하나는 노파가 동생인 리자베타 같은 지적장애인을 노예처럼 부리는 비인간적인 존재였다는 것이다. 하지만 그는 자기 범행의 목격자를 제거하려고 리자베타까지 잔인하게 살해하지 않는가. 계획에 없던 살인이었지만, 어떤 논리로도 정당화하거나 합리화할 수 없다. 라스콜니코프의 논리대로 산술적으로 보면, 백 명의 행복을 위해 겨우 한 명의 죽음이 추가된 것에 불과한데도, 리자베타는 노파처럼 악하지도 않았다는 점, 혈육인 노파에게 학대까지 당하고 살던 가여운 여자였다는 점, 이 모순에서 라스콜니코프의 고민과 불안이 시작된다.

도스토옙스키는 소냐를 통해 라스콜니코프의 구원을 돕는다. 가족을 위해 기꺼이 희생물이 되어야 했던 소냐는 그리스도가 사랑했던 가장 낮은 곳에 있는 비천한 신분인 창녀였다. 소냐는 라스콜니코프에게 성경에 나오는 '라자로의 부활' 대목을 읽어주며 노파가 죽는 순간 자기도 죽었다고 생각하는 그에게 용서와 화해를 통한 갱생의 길로 나아갈 수 있는 희망을 보여준다.

표도르 도스토옙스키

1821년 러시아에서 태어났다. 어린 시절부터 월터 스콧의 환상적이고 낭만적인 전기와 역사 소설을 탐독했다. 이후 발자크의 《외제니 그랑데》의 영향을 받아 첫 작품 《가난한 사람들》을 발표했다. 4년간의 감옥 생활과 4년간의 복무 이후, 잡지를 창간함과 동시에 그의 작품 세계에서 이정표가 된 《지하로부터의 수기》(1864)를 발표했다. 이후 간질병과 가난에 시달리면서도 《죄와 벌》(1866), 《백치》(1868), 《악령》(1872), 《카라마조프 가의 형제들》(1880) 등 심리적, 철학적, 윤리적, 종교적 문제의식으로 점철된 걸작들을 남겼다. 평생 그를 괴롭힌 간질병, 사형 집행 직전의 황제의 특사, 기나긴 시베리아 유형 생활, 광적인 도박벽 그리고 끝없는 궁핍과 고난으로 점철된 작가 자신의 인생을 반영하듯 그의 작품들은 격정적이고 논쟁적이다. 1881년 폐동맥 파열로 사망했으며 페테르부르크의 알렉산드르-네프스카야 대수도원 묘지에 안치되었다.

신에게도 소설가에게도
속죄란 있을 수 없다.
비록 그가 무신론자라고 해도.
소설가에게 속죄란 언제나 불가능한 일이며,
중요한 사실은 그것이다.
오직 속죄를 위한 노력만이 존재할 뿐이다.

— 이언 매큐언, 《속죄》

밝힐 수 없는 죄의 비밀에 관하여

✝

오래전에 자물쇠가 달린 일기장이 크게 유행했다. 아마도 내가 초등학교 고학년이던 시절이었고, 호기심 많은 어린 소녀였을 때의 일이다. 평소 일기를 쓰지 않던 아이들도 작고 앙증맞은 황금색 자물쇠가 달린 일기장의 유혹만은 떨쳐내지 못했다. 학교에 가져와서 서로 산 일기장을 비교해 보며 자랑하던 기억이 난다.

소녀들은 자물쇠를 사랑한다. 혼자 사용하는 잠금장치가 있는 자기만의 방이 있으면 금상첨화지만, 당시 대부분 서민 가정의 어린 소녀들은 그런 권리를 갖지 못했다. 대신 아무도 들여다볼 수 없는 자물쇠가 있는 서랍이 딸린 책상 하나는 가질 수 있는 자격이 주어지길 바랐다.

키가 자라고 학년이 바뀐 후, 내게도 잘생긴 남자 친구 같은 원목 책상 하나가 찾아왔을 때 제일 먼저 한 일은 그 책상에 비밀 서랍 하나를 만드는 일이었다. 잠가둔 서랍 안에는 자물쇠가 달린 하늘색 일기장 한 권을 넣어 두었다. 그때부터 틈틈이 꽤 오랫동안 일기라는 것을 썼다. 하지만 고백하자면, 내가 쓴 것은 진짜 일기가 아니었다. 일기 형식을 빌린 유치한 삼류소설 같은 글이었다. 반복되는 일상과 무료한 삶 속에서 유일하게 짜릿한 즐거움을 느꼈던 놀이였다. 그러나 어느 날, 장난꾸러기 남동생이 겹겹으로 보안 장치를 해둔 내 자물쇠 왕국을 침투했을 때, 작은 옷핀 하나로 모든 잠금장치를 해제해 버렸을 때, 어둠 속에서 빛나던 나만의 판타지 왕국은 어처구니없이 무너지고 말았다. 남동생은 내가 만든 숭고하고 성스러운 가상 세계를 비웃고 가차 없이 그것을 온 가족에게 폭로해 버렸다. 내 자물쇠 일기장은 두고두고 놀림거리를 제공한 치부책으로 전락하고 말았다. 당시에는 부끄러웠지만, 참으로 순수한 때였다.

이언 매큐언의 장편소설 《속죄》에도 비밀과 자물쇠를 사랑한 소녀 브라이어니가 등장한다. 이 소녀는 또래의 다른 아이들과 확실히 구별되는 특별함이 있었다. 문학이라는 장르에 일찌감치 입문해 혼자 무대용 희곡을 척척 써내는가 하면 타고난 감수성과 어휘력으로 자기가 상상한 세계를 멋들어지게 구현해 내는 재능이 있었다. 열한 살 때 첫 소설을 쓴 브라이어니는 서투른 처녀작을 완성한 뒤 그것을 부모님에게 보여주고 큰 칭찬을 받는다. 그리고 소설을 쓰면서 이 깜찍한 천재 소녀는 자신이 창조한 세상에서 등장인물들을 원하는 대로 통제할 수 있다는 사실에 쾌감을 느낀다. 글을 쓰는 순간만은 전지전능한 신이 된 기분인 것이다.

《속죄》를 읽으면서 '미스터리의 여왕'으로 불리는 영국 작가 애거사 크리스티의 소설 《비틀린 집》을 떠올렸다. 이언 매큐언은 어쩌면 애거사 크리스티가 쓴 추리소설을 좋아할지도 모른다는 막연한 추측을 해보았다. 두 소설이 일부 닮았다고 생각하는 까닭은 우선 범죄의 가해자가 어린 소녀라는 공통점이 있고, 그 죄가 그들이 쓴 소설과 일기를 통해 공개된다는 점이다. 또, 사람들의 편견이 때로는 사건의 진실을 파악하는 것보다 더 중요하게 작동한다는 것, 상황을 방관한 작은 불씨 하나가 타인의 인생을 파국으로 몰아가는 큰 불길이 되기도 한다는 점에서 그러하다.

궁극적으로 강한 편견 앞에서 '무죄 추정의 원칙'이라는 것은 무력하기 짝이 없다. 우리는 천사처럼 예쁘고 천진무구한 어린 소녀가 경찰과 가족 모두를 속이고 천연덕스러운 표정으로 거짓말할 것이라고 예상하지 못한다. 그 일이 실제 현실에서 벌어진 사건이었다고 하더라도 결과는 비슷했을 것이다. 두 명의 작가가 쓴 이 두 소설에는 감쪽같이 독자를 선입견에 빠뜨리고 마침내 그것을 산산조각 내는 트릭과 반전이 있다. 《비틀린 집》이 탐정을 등장시켜 사건이 해결되어 가는 과정을 그린다면, 《속죄》는 거울 속의 거울을 보는 겹겹의 구조로, 주인공인 작가가 자신이 쓴 소설의 실체적 진실을 찾아가는 형식을 띤다. 러시아 전통 인형인 마트료시카의 모양 상자를 하나하나 열어가는 것처럼 말이다.

《속죄》는 이언 매큐언의 소설 중 최고라 일컫는 작품이다. 〈어톤먼트〉라는 제목의 영화로도 제작되었는데, 배역이 소설 속의 등장인물들과 여러모로 일치해서 무척 인상적이었다. 그러나 역시 섬세한 문체와 짜임새, 강렬한 메시지를 담은 원작 소설을 넘어서지는 못했다는 생각이다. 영화에서는 소녀의 거짓말로 두 청춘 남녀의 운명이 파멸에 이르고 그로 인해 주인공이 느끼는 죄의식이 주된 흐름으로 묘사되는데, 소설에는 그보다 훨씬 더 다층적이고 깊은 사유를 하게 하는 상징적 장치들이 깔려 있어 더 밀도 높은 감동을 느낄 수 있다. 또 읽는 내내 이언 매큐언의 생생한 문체와 문장력에 경탄하지 않을 수 없다. 덕분에 이 책은 여기저기 그은 수많은 밑줄과 덕지덕지 붙여놓은 포스트잇으로 누더기가 되어 버렸다. 마음에 큰 울림을 주었던 책은 표지가 바뀌어 나오거나 새 번역 개정판이 나오면 한 권씩 더 사 두는 습관이 있는데, 한 권은 소장용, 나머지 한 권은 수시로 손때를 묻혀 가며 편하게 보는 용도로 사용한다. 《속죄》 역시 두 권을 가지고 있다.

소설은 총 3부로 구성되어 있다. 1부는 정리 정돈을 잘하는 완벽주의 성향을 지닌 문학소녀 브라이어니 탈리스를 소개하는 것으로 시작한다.

때는 1935년 영국으로 2차 세계대전이 발발할 즈음이다. 증조부 대에 철물상을 하던 별 볼 일 없는 집안이었던 탈리스 가문은 조부가 맹꽁이자물쇠와 걸쇠 등에 관한 특허를 딴 덕분에 큰 부를 상속받은 졸부 집안이다. 상류층이라는 자부심이 있는 이들은 각자 자유롭게 살아가지만, 자신들은 평범한 소시민과는 다른 계층이라고 여긴다. 그들 중에서 그나마 가장 열린 시각을 지닌 브라이어니의 언니 세실리아는 가정부의 아들인 똑똑한 수재 로비 터너에게 친밀감을 느끼고 있다. 유년기부터 친구였던 두 사람은 성인이 되자 어색한 관계가 되는데, 세실리아는 로비가 미래의 원대한 계획을 세실리아 대신 그녀의 아버지와 상의하는 것이 못내 서운하다.

무료한 어느 여름날, 세실리아는 집안의 내력이 있는 귀한 도자기 꽃병에 꽃꽂이한 후 물을 채우려고 일부러 로비가 있는 분수대로 간다. 두 사람은 불편한 대화를 나누던 중 담배를 들고 있는 세실리아를 대신해 꽃병에 대신 물을 채워 주겠다는 로비의 갑작스러운 제안으로 잠시 몸싸움을 하게 된다. 남자의 힘과 권위를 자랑하고 싶어진 듯 명령조로 말하는 그의 태도가 거슬렸던 세실리아가 강하게 저항하는 바람에 힘 조절을 하지 못한 로비가 꽃병을 그만 깨뜨리고 만다. 도자기 조각이 분수대의 물속으로 가라앉자, 화가 난 세실리아는 로비를 질타하다가 과감히 옷을 벗어 던지고 물속으로 뛰어든다. 자존심 때문이었다. 잠시 후 세실리아는 물 밖으로 나오고 거침없이 옷을 꿰입은 후 샌들을 겨드랑이에 끼우고는 잔디밭을 가로질러 집으로 돌아간다.

창문 너머로 우연히 그들의 행동을 지켜보던 브라이어니는 씩씩한 언니 세실리아가, 오만하게 손을 흔들며 뭐라 지시하는 듯한 가정부의 아들 로비 앞에서 스스로 옷을 벗고 있다고 생각한다. 언니가 모종의 협

박을 당해 로비에게 꼼짝없이 조종당하고 있다고 제멋대로 상상하고, 그 상상을 믿어 버린다. 브라이어니는 그들 사이에 '꽃병'이 있다는 사실을 몰랐다. 이 단순한 사건이 세 사람의 운명을 갈라놓는 시발점이 된다.

곧이어 그들의 집에 사촌들이 찾아오고, 얼마 후 오빠가 재벌 2세인 마셜을 손님으로 데려온다. 어린 쌍둥이 사촌 형제들이 실종돼 집안에 소동이 일어난 날, 모두가 두 아이를 찾으러 어둠 속에서 헤매고 있을 때, 브라이어니의 사촌 언니 롤라가 누군가에게 강간당하는 사건이 일어난다. 브라이어니는 현장을 목격했지만, 범인의 얼굴만은 제대로 보지 못했다. 하지만 브라이어니는 용의자로 로비를 지목한다. 결정적인 목격자의 증언으로 로비는 즉각 구속되고, 폐소공포증에 시달리며 끔찍한 수감생활을 하게 된다.

2부는 강간 혐의로 감옥에 갇힌 로비가 보병 입대를 조건으로 조기 석방을 협상하여 전쟁에 휘말리는 내용이 전개된다. 세실리아는 가족과 의절하고 간호사의 길을 택한다. 한편 브라이어니는 명문 대학에 합격했으나 입학하지 않고 자신이 저지른 일에 대해 속죄하는 의미로 종군 간호사가 되기로 한다. 전쟁의 참혹한 소용돌이 속에서 불가항력의 상황에 놓인 세 사람의 이야기가 속도감 있게 펼쳐진다. 특히 2차 세계대전 중 프랑스의 됭케르크 해안에 고립된 영국군들의 이야기가 로비의 현실을 통해 생생하게 재현된다.

3부는 브라이어니의 고된 수련 간호사 생활과 진정한 자아를 찾아 나가는 과정, 죽음이라는 적과 또 다른 사투를 벌이는 피투성이의 군인들, 그들을 간호하며 처참한 현실 앞에서 절망하는 브라이어니의 내면에 초점이 맞춰진다. 그리고 깊은 심연에 은폐되었던 진실이 서서히 수면을 향해 떠오른다. 어느덧 노년에 이르러 혈관성 치매를 앓는 작가 브라이어니는 자신의 기억이 완전히 소멸하기 전에 마음속에 단단히 자물쇠가 채워진 채로 숨겨둔 판도라의 상자를 조심스럽게 열어본다.

> 범죄가 있었다. 그러나 그 곁에는 사랑하는 두 사람도 있었다. 연인들과 그들을 위한 행복한 결말, 이것이 밤새도록 나를 잡고 놓아주지 않고 있다. 우리는 저 석양 속으로 노 저어갑니다. 불행한 반전.

작가는 자신이 쓴 소설에 모스 부호 같은 비밀스러운 암호들을 새겨 놓기도 한다. 그것을 해독해 낼 수 있는 사람은 그 내용에 대해 알고 있는 사람이거나 직접 관련이 있는 당사자들, 그리고 오직 작가 자신뿐이다. 하지만 그것이 작가에게 어떤 윤리의 문제를 묻는 치명적인 일이라면, 그것을 해독해 낼지 말지의 선택은 오로지 작가 자신의 양심에 달렸다.

> 신에게도 소설가에게도 속죄란 있을 수 없다. 비록 그가 무신론자라고 해도. 소설가에게 속죄란 언제나 불가능한 일이며, 중요한 사실은 그것이다. 오직 속죄를 위한 노력만이 존재할 뿐이다.

작가와 독자 사이의 정신적 거리는 가까워질 수도 한없이 멀어질 수도 있는 셈이다.

소설 《속죄》는 '알다'라는 개념과 '확신하다'라는 개념 사이에서 그 확실성과 오류의 가능성에 관한 민감한 문제를 제기하는 소설이다.

이언 매큐언

1948년 영국에서 태어났다. 1970년 서섹스 대학교 영문학부를 졸업한 후 이스트앵글리아 대학에서 문학 석사 학위를 받았고, 소설가 맬컴 브래드버리의 지도하에 소설 창작을 공부했다. 1975년에 소설집 《첫사랑, 마지막 의식》으로 데뷔하며 서머싯몸상을 받았고, 1998년에 《암스테르담》으로 부커상을 받았다. 《속죄》로 LA타임스 도서상, 전미 비평가협회상 등을 수상했다. 2007년, 이 작품을 원작으로 영화 〈어톤먼트〉가 제작되어 세계적인 작가로 이름을 알렸다. 《시멘트 가든》, 《이노센트》, 《체실 비치에서》, 《칠드런 액트》 등의 작품이 있다.

우리에게는
집과 길과 광장이 필요했지만
그 모든 죽은 자에게는
아무것도 필요 없었다…….

– 기 드 모파상, 〈죽은 여자〉

내가 죽어 가만히 생각해 보니

†

사후에라도 부끄러움을 안다는 것은 얼마나 다행한 일인가. 부패가 된 시신이라 해도, 백골의 형체라 해도, 오직 인간이기에 가능한 일일 것이다. 더군다나 죽지 않고도 미리 체험할 기회가 주어진다는 것은 또 얼마나 감사한 일인가. 인생에, 이런 훌륭한 선물을 준 작가를 어찌 사랑하고 존경하지 않을 수 있을까.

1850년 프랑스 태생의 모파상은 간결한 문체와 압축미가 돋보이는 작품으로 자국에서뿐만 아니라 전 세계에서 문학적 성취를 이루었다. 모파상이 쓴 300여 편의 단편소설 중 〈비곗덩어리〉와 〈목걸이〉는 교과서에도 수록될 정도로 널리 알려진 작품이지만, 다른 일부는 단편집에만 실렸거나 그마저도 누락되어, 국내에는 뒤늦게 소개된 작품이 더러 있다. 그중에서 내게 깊은 인상을 남겼던 작품이 있다. 〈죽은 여자〉라는 매우 짧은 소설이다.

한 여자를 미치도록 사랑한 남자가 있다. 어느 날 여자가 기침을 하다가 얼마 못 가 죽는다. 그녀는 남자의 애인이었다. 장례를 치르기 위해 방문한 한 신부가 그녀에 관한 이야기를 들려주며 그녀를 정부라고 지칭하자, 남자는 신부를 즉시 쫓아낸다. 마치 그녀를 모욕하는 것처럼 들렸기 때문이다. 남자는 죽은 애인을 완전히 믿고 사랑했다. 그만큼 집착도 강했다. 그녀가 늘 바라보던 전신거울에 아직도 그녀의 아름다운 모습이 남아 있다는 듯 손으로 어루만지고 계속 쓰다듬었다. 하지만 거울은 그냥 거울일 뿐이다.

남자는 자신의 의지와 상관없이 여자의 묘지를 찾아간다. 대리석 십자가에는 '사랑하고 사랑받고 죽었노라'라는 짤막한 한 줄의 비문이 쓰여 있다.

시간이 흘러 여자가 몹시 그리워진 남자는 사람들의 눈을 피해 깊은 밤중에 여자가 묻힌 공동묘지에 찾아가 그녀의 묘지를 찾아다닌다. 달도 뜨지 않은 칠흑 같은 밤이어서 기억을 더듬어 찾아도 짤막한 비문이 적힌 그녀의 묘비를 도저히 찾을 수가 없다.

우리에게는 집과 길과 광장이 필요했지만 그 모든 죽은 자에게는 아무것도 필요 없었다…….

망자들이 잠든 묘지와 묘지 사이로 한참을 정신없이 걸어 다녔지만 어디에서도 여자의 이름은 보이지 않는다. 사방이 온통 헤아릴 수 없는 무덤만 즐비할 뿐이다. 남자는 너무 지친 나머지 바닥에 털썩 주저앉고 만다. 그때 갑자기 남자가 앉은 대리석 바닥이 움직이더니 손 하나가 땅 밑에서 불쑥 튀어나왔다. 앙상한 백골이다. 백골은 어느새 대리석을 밀고 나와 자기의 묘비명을 소리 내어 읽더니 뾰족한 돌멩이 하나를 집어들고 그 글을 슥슥 긁어내며 지우기 시작한다. 그러고는 검지 마디뼈 끝으로 자기의 비문을 새로 써 내려간다. 그는 '그는 아버지의 유산을 상속받고 싶어 아내를 학대하고 자식을 구박하고 이웃을 속이고 기회가 생길 때마다 남을 등쳐먹었다. 그리고 비참하게 이 세상을 떠났다'라고 고친다. 주위를 둘러보니, 다른 시체들도 무덤에서 나와 각자 자기의 묘비에 쓰인 거짓말을 지우고 진실한 말로 고쳐 적고 있다. 대부분 살아생전 위선자였고, 악인이었고, 도둑질했고, 질투심이 많았으며, 불효자인 사람들이었다. 완벽한 인간은 없었다. 그들은 살아 있을 때 외면하고 싶었던 진실을 죽고 나서야 바로잡고 있었다.

남자는 멀찍이서 한때 자기가 열렬히 사랑했던 여자의 모습을 알아챈다. 수의에 가려져 얼굴이 자세히 보이지는 않지만, 여자는 남자의 죽은 애인이 분명하다. 그토록 사랑했던 애인이 직접 고쳐 쓴 비문에는 다음과 같은 글이 새겨져 있다.

'그녀는 애인을 배신하기 위해 어느 날 외출을 했다가 비를 맞고 감기에 걸려 세상을 떠났다'

다음 날 새벽, 의식을 잃은 채 쓰러진 남자를 사람들이 발견한다.

인생을 통찰하는 시선과 철학의 깊이가 압축되어 있는 작품이다. 망자의 처지에서 생각하면 거짓은 아무 의미가 없다. 묘지의 비문은 망자가 살아 있을 때의 사회적 지위나 체면을 고려하여 적기도 한다. 이는 망자가 조금이나마 명예롭게 기억되길 바라는, 살아갈 날이 남은 사람의 욕심과 허영심일 테다. 죽은 자들에게 의미 있는 것은 아무것도 없다.

이 소설은 다소 환상적인 기법으로 쓰인 소설로, 비문의 '애인'이 남자(글의 화자)를 지칭하는지, 아니면 여자가 또 다른 애인을 속이고 만난 다른 남자가 이 글의 화자인지 분명하지 않다. 오래전 번역본에도 여러 해석이 가능하게 번역되어 있던 것으로 기억한다. 모파상은 초기에 플로베르와 에밀 졸라 등과 교류하며 사실주의 문학으로 인정받았으나, 20대 후반에 신경 질환을 앓기 시작하면서 작품에 염세주의적인 인물을 등장시키는 등 그로테스크한 분위기가 강한 작품을 창작했다.

기억도 가물가물한 1997년 겨울, 한 일간지의 신춘문예 소설 부문에 당선되었을 때, 수상 소감에 이 소설을 언급했었다.

무엇을 쓸 것인가. 불현듯 그런 생각과 함께 한 단편소설이 생각났다. 얼마 전 국내에서 처음으로 선보여 호기심에 집어 든 책이었는데, 수록된 작품 중 강렬하게 인상에 남는 한 장면이 있다.
죽도록 사랑했던 여인을 잃은 사내가 밤중에 그녀의 무덤이 있는 공동묘지를 찾았다. 달도 없는 밤. 그는 그곳에서 이상한 체험을 했다. 묘지를 열고 나온 한 시체가 자신의 비문을 지우고 고쳐 쓰는 것이 아닌가. 둘러보니 모든 무덤이 열려 있고 망자들이 일제히 묘비에 새겨진 비문을 고쳐 쓰는 것이었다. 그 내용들은 모두 비문과는 정반대의 인생을 살아온 그들의 진실한 고백이었다.
진실은 죽은 자의 영혼까지도 깨울 수 있는 것인가. 지워지지 않을, 다시 고쳐 쓰는 일이 없는 진실을 쓰고 싶다.

당시 심사위원이었던 소설가 故 이문구 선생님께서 당시에 절판 상태였던 이 단편이 실린 책 제목을 물었던 기억이 난다. 얼마 전 새로운 번역으로 다시 출간된 것을 발견하여 몹시 반가웠다. 무덤 속에서 살아 돌아온 옛 애인을 만난 듯한 감회에 잠겼다.

　　이후로 오랫동안 나는 진실의 무게라는 것이 얼마나 큰 굴레인가를 실감하며 살았다. 비문을 고쳐 쓰지 않아도 되는 인생을 살기란 사실상 불가능하다는 것을. 오직 진실의 메시지만을 나열하는 소설은 외면당한다는 것을 알게 되기까지 얼마나 많은 시간이 필요했는지 모른다. 누구나 끊임없이 실수하며 살아간다. 소설은 허구이기에 진실을 알리는 데 더 설득력이 있는 도구다. 나 또한 허점투성이의 부실한 인간이기에 고전문학을 읽으며 내 모습을 냉정하게 돌아보고 성찰하는 시간을 갖는다. 거울에 비친 바람난 연인의 모습을 보듯 나를 가만히 들여다보면서.

기 드 모파상

19세기 후반 프랑스 자연주의 문학을 대표하는 작가. 1850년 프랑스 노르망디의 미로메닐에서 태어났다. 어머니의 친구인 귀스타브 플로베르에게 문학 지도를 받았고 에밀 졸라가 간행한 단편집 《메당의 저녁》에 발표한 〈비곗덩어리〉(1880)가 큰 성공을 거두면서 작가로 데뷔했다. 1890년까지 300여 편이 넘는 소설을 거의 광적으로 써냈다. 친구는 없었으며 여행과 마약, 소설 쓰기만이 오직 병마로부터 도피하는 유일한 수단이었다고 한다. 고통을 이기지 못한 모파상은 1892년 자살을 시도하고 다음 해 정신병원에 수용돼 전신성 마비로 사망했다. 작품으로는 《벨아미》, 〈목걸이〉, 〈오를라〉(1885), 〈피에르와 장〉(1888) 등이 있다. 그의 작품은 세계 현대 단편소설 문학의 전성기를 이끌었다는 평가를 받는다.

우리 모두 삶으로부터 유리된 채 살고 있다.
정도의 차이는 있을지언정
너 나 할 것 없이 다
절뚝거리고 있기 때문이다.
진짜 '살아 있는 삶'에 대해서
누가 우리에게 상기시키면
도저히 참을 수 없어진다.

― 표도르 도스토옙스키, 《지하로부터의 수기》

나는 아픈 러시아다

†

책을 읽으면서 누군가의 쩌렁쩌렁한 목소리가 들린다고 하면, 오디오북을 들었구나 할 것이다. 하지만 종이책에서도 그런 음향효과를 느낄 수 있으니, 도스토옙스키의 《지하로부터의 수기》가 그러하다. 이 이야기를 읽다 보면 지하 인간의 용솟음치는 목소리가 들리는 듯하다. 마치 오래전 TV '주말의 명화'의 할리우드 유명 배우의 더빙 성우처럼 굵직한 저음의 목소리로 인간을 꾸짖는 신의 목소리가 연상된다. 아니, 이 또한 적절한 표현이 아니다. 지하 인간은 신보다는 인간에 가깝고 인간 중에서도 광기에 사로잡힌, 혼란스럽고 스스로도 이성을 통제하지 못하는 제 성격을 잘 아는, 종잡을 수 없는 인간이기 때문이다. 도스토옙스키 그 자신을 원고지에 그대로 옮겨놓은 게 아닌가 하는 착각마저 들 정도로, 어딘가에 꼭 있을 법한 캐릭터다.

도스토옙스키의 여행기 《유럽 인상기》에도 《지하로부터의 수기》에서와 비슷한 내면의 목소리가 깔려 있다. 바로 러시아인 모두가 '마음속 지옥'을 지니고 있다는 부분이 그러하다. 이 책의 대부분은 불평불만으로 가득 차 있는데, 유럽을 내심 동경하는 러시아 지식인들을 신랄하게 비판하는 고약하고 냉철한 국외자의 시

선이 엿보인다. 한편으로는 오랫동안 러시아를 벗어
난 적 없었던 도스토옙스키가 고국 러시아를 얼마나
그리워했는지도 반어법 형태로 느낄 수 있다. 한편 그
는 《유럽 인상기》에서 유럽 사회의 만연한 속물근성
과 물질문명의 폐해가 결국 비극적 종말을 부를 것이
라 예견한 바 있는데, 실제로 1, 2차 세계대전이 발발
하여 도스토옙스키의 통찰이 그저 비난이 아니었음
이 확인되었다.

　나는 《유럽 인상기》, 《지하로부터의 수기》에 등장
하는 도스토옙스키와 지하 인간을 상징성의 측면에
서 생각해 보고 싶다. 각 작품 속 화자의 실체는 다르
지만, 각자가 한 사람의 개체가 아닌 러시아 전체를 대
표한다고 보는 것이다. 그렇게 보면, 이 두 인물에게서
병든 러시아가 보인다. 러시아는 몹시 아프고, 열등감
에 빠져 있고, 게다가 고립된 상태인 것이다. 그래서
두 화자는 각각, 모두가 행복하고 활기차 보이는 유럽
이, 부유하고 자유로운 데다 친구까지 많은 '그들'이,
부럽고 질투가 나는 것이다. 하나부터 열까지 못마땅
해 보이는 것이다.

　《지하로부터의 수기》는 그의 작품 세계에서 전환

점이 된 최초의 실존주의 소설로 평가받는다. 이 소설은 기존의 세계관을 전복시키는 문제작으로 도스토옙스키가 다음 세계로 진화하는 발판 역할을 한 중요한 작품이다. 학자 중 일부는 그의 후기 작품들의 열쇠가 되는 중요한 상징들이 이 작품에 담겨 있다고 주장한다.

작품 분량은 비교적 적은 편이지만, 읽을 때마다 새롭게 읽히는 소설이다. 마치 한 작품을 매해 다른 배우가 저마다 다르게 연기한 영화 한 편을 감상하는 듯하다. 그러면서도 동시에 늘 같은 장면에서 또다시 심장의 박동과 맥박이 빨라진다. 지하 인간의 감정이 최고조에 달해 격렬한 악다구니를 토해낼 때, 나도 모르게 주눅이 들어 모골이 송연해지며, 두려움과 공포가 밀려온다. 그가 퍼붓는 속사포 같은 징벌적 독설을 피해 갈 독자는 아무도 없을 것이다.

《지하로부터의 수기》는 왜 이렇게 독설 가득한 소설이 되었을까. 이 소설은 구체적인 표적이 있는 작품으로 알려져 있다. 표적은 바로 철학자이며 평론가인 체르니솁스키다. 그 역시 도스토옙스키처럼 시베리아에 유형 다녀온 작가로, 20년 후 풀려나 고향인 사라토프에서 사망했다. 포이어바흐의 유물론과 푸리에의 공상적 사회주의에 영향을 받아 다수의 저작을 남겼다. 그가 집필한 저작 중 소설《무엇을 할 것인가》의 내용이 도스토옙스키의 신경을 자극한 것이다. 즉, 두 사람의 서로 다른 정치적 이념이 원인인 셈인데, 탁월한 사상가이며 철학자이자 작가인 두 사람의 생각 차이를 좀 더 알아보려면 두 소설의 내용을 간략하게 살펴볼 필요가 있다. 먼저《무엇을 할 것인가》의 내용을 보자.

가난한 집안의 딸 베라는 부모의 이기적인 계산법으로 결혼을 강요당한다. 하지만 그녀는 자유를 갈망하고, 무엇보다 자신을 위해 합리적으로 선택하고자 하는 이기적인 세대다. 베라는 스스로 지하실 같다고 생각하는 현실에서 벗어나기 위해 다른 방식의 삶을 선택한다.

일단 자신의 계산법에 따라 의대생 드미트리 로푸호프의 도움을 받아 그와 결혼한다. 그들은 19세기 중반 사회에서는 있을 수 없던 파격적인 부부 생활에 돌입한다. 각방을 사용하고, '중립의 방'이라는 공간을 마련하여 외부와의 소통 공간을 지정해 놓는다. 이들은 베라의 특기를 살려 가난한 여자들과 함께 운영하는 '봉제공장'을 설립한다. 직원 모두가 공장의 주인이며, 공장은 직장인 동시에 여성의 삶의 질을 승격시키는 배움터가 된다. 이후 사업에 성공한 베라는 로푸호프의 친구인 키르사노프와 사랑에 빠지면서, 로푸호프와의 의존적 관계에서 벗어나 완전히 독립적인 인격으로 새 삶을 시작한다. 베라는 의학 공부를 시작한다.

체르니솁스키는 이처럼 사회주의를 이상적이며 모범적인 국가형태로 보았다. 그는 성선설 지지자였다. 또한 소설에서 제시한 수정궁(Christal Palace)● 같은 유토피아의 건설이 이론적으로도 실제로도 가능할 것이라고 믿었다. 수정궁은 완벽한 사회로 베라의 네 번째 꿈에 등장하는 세계다. 그러므로 《무엇을 할 것인가》는 다분히 정치적인 의도와 목적이 있는 기획 소설이라고 할 수 있다.

도스토옙스키는 그 반대였다. 그는 소설 《지하로부터의 수기》를 통해 모든 인간의 행복이 보장되는 체

● 건축가 조지프 팩스턴이 설계한 것으로 1851년에 영국 런던에서 개최된 만국박람회의 회장(會場)이 된 건물. 수정궁은 영국 강철 건축의 자부심이 되었으며 산업혁명의 상징적 건물로 자리매김했다. 1936년 화재로 전소됐다.

르니셉스키의 미래를 디스토피아의 상징으로 철저하게 규정하고, 은유적으로 비판한다. 또한 베라의 '지하실'로 치환되는 현실 세계관을 정조준하기 위해 '지하'의 모티브를 빌려 '지하 인간'이라는 역설적 괴물을 등장시킨다.

도스토옙스키는 러시아정교회의 광신도로 성악설의 세계관을 갖고 있었다. 그가 보기에 체르니셉스키의 사회주의 사상은 궁극적으로는 사람들을 자유가 없는 노예의 삶으로 이끌게 될 것이었다. 체르니셉스키가 제안한 수정궁은 비극 자체가 없는, 이미 인간으로서 물질문명에 영혼이 잠식당한 식물인간 같은 상태의 삶이기 때문이다. 그저 권력에 순응하고 복종하여 조직에 부화뇌동하기만 하면 모든 개인도 행복해질 수 있다는 이상, 그런 이상적인 사회에서 부품화되는 개인은 필수적이다. 도스토옙스키는 체르니셉스키의 메시지가 그야말로 비극적인 파국을 앞당기는 위험하고도 공상적인 선동이라고 여겼다. 일찌감치 러시아 사회의 부조리와 가난으로부터 상처 입은 소시민의 삶을 목격한 도스토옙스키는 유럽에서 물질문명의 종말을 예견했고, 영국 만국박람회의 수정궁을 보고 자본주의가 개미탑에 불과하다는 것을 통찰했다.

거기에 인간의 자유의지를 억압하는 것은 도스토옙스키에게 무엇보다 참을 수 없는 치욕이었다. 지하 인간의 거침없는 목소리를 통해 그럴 바에야 차라리 고통을 겪고 아프고 말겠다는 선언을 한 것이다. 격문 (檄文)의 어조처럼 맹렬하고 단호하다. 콧김까지 전해져 오는 듯 지하 인간의 목소리가 생생하다.

나는 아픈 인간이다……. 나는 심술궂은 인간이다. 나란 인간은 통 매력이 없다.

지하 인간의 독백이 시작된다. 그의 삶은 이야기의 결말에 이르러도 결코 개선되지 않는다. 그의 성향 역시 나아지는 기미가 없다. 삶이 익숙지 않아 혼자 지하에 남길 원한다고 말할 정도로 증상이 더 심각해질 뿐이다. 게다가 자신을 극단까지 밀고 나간 것을 오히려 자랑스럽게 여기고 자신을 기만한 것으로 위안을 삼는다고 말하며, 자기가 누구보다 더 생기로운 인간이라고 자위한다. 이는 이전의 러시아 문학이나 기존 어떤 소설 문법에서도 찾아볼 수 없었던 반동적이고 반사회적인 인물이다. 동시에 주인공의 틀을 깬 이단아적인 캐릭터다.

관련 논문들을 찾아보며 흥미로웠던 점은 많은 학자가 《지하로부터의 수기》에서 다른 작품의 핵심적 요소가 되는 인물의 성격적 결함이나 합리적인 요소의 근거를 찾아내고 있다는 점이었다. 이 작품은 인간의 존재론적 의문에 대한 진지한 모색이 담긴 작품으로 매우 복합적이고 철학적이라는 평가를 받고 있다. 또한 지하 인간의 반란은 반(反)영웅 테마의 효시로 간주된다.*(권철근)

지하 인간은 자유와 합리주의를 주장하면서 지상 사회를 거부하는 데는 나름 성공하지만, 대신 자신의 인간성은 파괴하고 마는 모순에 빠진다. 이유는 창녀와 자기 자신을 대하는 태도에 인간에 대한 존엄이 결여되어 있기 때문이다.

> 의기양양하게 말하건대, 나는 벌레가 되고 싶었던 적이 한두 번이 아니다. 하지만 나는 그만한 가치도 없는 놈이다. 맹세하건대, 여러분, 너무 많이 의식하는 것이야말로 병, 그것이야말로 진짜 병이다.

그는 아름답고 숭고한 것을 많이 의식할수록 진흙 탕 속으로 깊이 빠져들었다고 고백한다. 그런 상태가 지극히 정상적이었고, 또 그러하다고 믿을 뻔했다고. 지금까지의 투쟁 때문에 너무 고통스러웠고, 그것은 결국 자해로 이어져 마침내 그 아픔은 치욕에서 쾌감 으로 바뀌었다고. 이 쾌감은 이상하게도 굴욕을 의식 하는 데서 생기는 쾌감이라고.

그러면서 지하 인간은 자기가 자존심이 끔찍이도 강한 인간이라고 힘주어 말한다. 하지만 아무리 몸부 림쳐도 결국 자연의 법칙에 따라 늘 자신은 가장 큰 죄 인이 되어 버리고 만다고. 그것은 돌벽과 같은 불가능 성 때문인데, 자연과학의 결론들, 절대 반항해서는 안 되는 2×2=4의 세계에 살고 있기 때문이라고 말이다.

나는 이마로 이런 벽을 뚫지 못할 테지만, 정말로 그럴 힘도 없을 테지만 그럼에도 나는 그것과 타 협하지 않을 텐데, 그 이유는 오직 나한테 돌벽은 있지만 그걸 뚫을 힘은 나에게 부족하기 때문이 다. 오, 어처구니없음의 극치로다!

여기에는 원색적인 야유와 신랄한 조롱이 숨겨져

있다. 냉소는 거기서 멈추지 않는다. 치통 속에서의 쾌감과 피범벅이 된 모욕감 그리고 극도의 음탕함에까지 이른다. 그리고 자기가 치통을 앓으며 내는 신음을 들어보라고 권하기도 한다. 반복되는 야유의 언어 속에서 그는 이제 구체적인 지칭을 시작한다.

> 그래, 나는 너희에게 폐를 끼친다. 너희의 마음을 갈기갈기 찢어 놓는다.

그런 후 당대의 지식인이며 문학인이라면 누구나 알 만한 체르니셉스키와 관련한 상징들과 인물들, 작품들을 줄줄이 언급하기 시작한다. 하지만 그의 변명대로 그의 농담은 품격도 떨어지고 변덕스럽고 불신감마저 가미돼 있다. 이는 자기 자신을 존중하지 않는 데서 연유한다고 고백한다.

사유를 연습하는 것, 더욱더 근본적인 원인을 끌어내어 끝도 없이 원인을 찾아가는 것, 이것이 의식과 사유의 본질이며 자연의 법칙이다. 지하실은 현실 세계와 분리된 내면의 세계이며 동시에 퀴퀴하고 냄새나는 가난의 상징이고 죽음의 공간이다. 그것은 또한 사회주의자들이 꿈꾸는 이상적인 세계와는 거리가 먼

온갖 병균들이 득실거리는 가장 최악의 환경이다.

나는 도스토옙스키와 체르니솁스키가 생각했던 지하실은 당시 러시아의 현실 사회가 아니었을까 생각한다. 두 작가의 현실 탈출법에 관한 서로 다른 견해 차이가 '자유의지'와 '수정궁', 즉 불행을 선택하는 것도 내 자유라는 최대한의 권리와 인간 존엄이 보장된 사회가 팽팽히 맞선 것이다.

《지하로부터의 수기》에는 체르니솁스키의 인물과 정반대의 인물인 부정적이고 병적이고 증오와 악다구니만 남아 입에 욕을 달고 사는 40대의 남자가 등장한다. 이 열등감에 절어 있는 남자는 그래도 자기의 삶이 가장 나은 삶이라고 주장하는데, 화자의 목소리로 그 이유와 과정을 들을수록 충격적이다. 물론 나는 공상적 이론에 머무른 체르니솁스키보다 도스토옙스키를 지지한다. 당장의 배고픔 때문에 배부름을 보장하는 수정궁에서 사는 것보다 고통스러운 자유가 더 행복하다는 것을, 진보하는 역사를 통해 배웠기 때문이다. 그리고 인간은 역시 통제가 불가능한, 불가해한 존재라는 도스토옙스키의 견해에도 동의하는 쪽이다.

영혼 속에 지하를 담고 다닌 남자는 2부에서는 유곽의 여성인 리자를 호통쳐 울리며 모순된 양면성을 보이기도 한다. 그러나 그가 앞선 글에서 자신은 인간으로서 존엄성이 결여된 인간임을 전제한 뒤 이야기를 시작했다는 점에서, 이 소설이 얼마나 치밀한 구성으로 이루어졌는지 알게 된다.

한편 《지하로부터의 수기》는 마틴 스코세이지 감독이 연출한 영화 〈택시 드라이버〉에 영향을 준 것으로도 유명하다.

표도르 도스토옙스키

1821년 러시아에서 태어났다. 어린 시절부터 월터 스콧의 환상적이고 낭만적인 전기와 역사 소설을 탐독했다. 이후 발자크의 《외제니 그랑데》의 영향을 받아 첫 작품 《가난한 사람들》을 발표했다. 4년간의 감옥 생활과 4년간의 복무 이후, 잡지를 창간함과 동시에 그의 작품 세계에서 이정표가 된 《지하로부터의 수기》(1864)를 발표했다. 이후 간질병과 가난에 시달리면서도 《죄와 벌》(1866), 《백치》(1868), 《악령》(1872), 《카라마조프 가의 형제들》(1880) 등 심리적, 철학적, 윤리적, 종교적 문제의식으로 점철된 걸작들을 남겼다. 평생 그를 괴롭힌 간질병, 사형 집행 직전의 황제의 특사, 기나긴 시베리아 유형 생활, 광적인 도박벽 그리고 끝없는 궁핍과 고난으로 점철된 작가 자신의 인생을 반영하듯 그의 작품들은 격정적이고 논쟁적이다. 1881년 폐동맥 파열로 사망했으며 페테르부르크의 알렉산드르-네프스카야 대수도원 묘지에 안치되었다.

아, 하느님, 악마의 독니로부터
나를 구해주소서!
내 외침 소리가 다시 울려
침묵 속으로 빠져들자마자
나는 무덤 속으로부터 들려오는
목소리의 대답을 들었다.

- 에드거 앨런 포, 〈검은 고양이〉

벽 속에 숨긴 진실

기 드 모파상의 묘비명에는 다음과 같은 글이 새겨 있다고 한다.

"나는 모든 것을 갖고자 했지만 결국 아무것도 갖지 못했다."

단편소설의 대가답게 인생의 무상함을 여운이 남는 단 한 줄의 문장으로 갈음했다. 어쩌면 그는 자신이 쓴 소설의 내용처럼 무덤을 열고 나와 묘비에 적힌 글을 돌멩이로 슥슥 지우고 새로운 내용으로 고쳐 쓰고 싶은지도 모른다. "나는 미치광이로 살다가 매독에 걸려 비참하게 죽었노라"라고.

그리고 한 번쯤 더 퇴고하기 위해 지상으로 올라와 그 문장마저 쓱쓱 긁어내 버리고 다시 무덤으로 들어가 버리고 싶을지도 모르겠다. 자기보다 먼저 땅속에 묻힌 더 불행했던 선배 작가 에드거 앨런 포의 묘비에는 이렇다 할 비문이 한 줄도 적혀 있지 않기 때문이다. 모파상은 그 누구보다도 인간의 수치심에 천착한 작가였기에 그럴지도 모른다고 상상해 본다.

모파상에 앞서 단편소설의 전범(典範)이라 할 만한 소설을 써낸 작가가 있었다. 바로 미국의 시인이자 소설가인 에드거 앨런 포다. 포는 두 살 때 부모를 모두 잃고 부유한 담배 상인에게 입양되어 성장했다. 하지만 양부모에게서 살가운 보살핌을 받지 못하고 자란 그는 늘 가난 속에 허덕이는 삶을 살아야 했다. 성인이 되어서는 잡지사와 출판사의 편집자로 생활하기도 했으나 주급은 겨우 10달러에 불과했고, 대인관계도 원만하지 못해 동료들과도 제대로 된 친분을 쌓지 못했다. 모파상처럼 포 역시 외톨이였다. 연애를 해보려고 부단히 노력했으나 매번 좌절하기 일쑤였다. 그러나 어린 사촌 동생 버지니아만은 예외였다.

알코올 중독과 비뚤어진 성격으로 문단과 사회에서 점점 소외되면서 포의 설 자리는 좁아지고, 아내가 된 버지니아는 병약해서 일찍 세상을 떠났다. 이후에 포에게 마지막 연인이 나타나 구원의 손길을 한 번 더 내밀지만 끝내 그녀에게조차 가지 못하고 중도에 행방불명되어 의문스러운 죽음을 맞는다. 정신착란 상태로 무연고 병동에서 임종조차 지켜보는 사람 없이 홀로 눈감은 것이다. 포의 죽음에 관해서는 일체의 자료나 기록이 남아 있지 않다.

요절한 포는 살아서나 죽어서나 그 천재성에 비해 심하게 폄훼되었고 인정받지 못했다. 그것은 누구보다 당대 지식인들이 잘 알고 있었다. '애너벨 리', '갈가마귀' 같은 아름다운 시를 비롯하여 〈검은 고양이〉,

〈모르그 가의 살인 사건〉등 탁월한 추리소설을 써서 이름을 떨친 작가의 비문이라고는 달랑 포의 이름과 신상에 관한 정보가 전부다. 19세기 미국의 대표 시인이자 소설가이며 프랑스의 보들레르와 말라르메와 같은 거장들에게 영향을 준 현대 상징주의의 대가라는 호칭이 무색하게 간소하고 단조롭기 이를 데 없는 묘비다. 하지만 정작 그 묘비 아래 누운 포는 어쩌면 묘비명을 다시 고쳐 쓰지 않아도 되어 속이 편할지도 모르겠다.

온갖 구설과 비난으로 세상 사람들에게 철저하게 고립되었던 포는 타락한 예술가로서 악평과 오명을 뒤집어쓰고 있었으므로 사망 후 신문 부고란 어디에서도 한 천재 작가의 죽음을 애도하는 조의문을 찾아볼 수 없었다고 한다. 하나같이 그가 알코올 중독자였고 독불장군이었다는 식의 냉담한 기사뿐이었으며, 심지어 작품 세계마저 깎아내리는 비평까지 게재될 정도였다. 그러나 아주 오랜 시간이 흐른 뒤에야 포의 삶이 재조명되었고, 그의 작품은 제자리를 찾게 되었다. 지독하게 가난해서 아무것도 할 수 없었던, 사람에 대한 상처가 깊어서 술을 마시지 않으면 상실의 공포를 이겨낼 수 없었던, 마음속에 늘 죽은 연인을 품고 살아야 했던 포를 알게 된 후 어떻게 그에게 사랑과 연민을 느끼지 않을 수 있을까. 작가의 삶을 이해하고 나면 그가 왜 그런 작품을 썼는지 고개가 끄덕여지는 부분이 있다.

포는 당대와 후대의 많은 예술가와 작가들에게 영감을 준 작가로 알려져 있다. 그는 인간의 어두운 면을 탁월하게 짚어냈으며, 초자연적인 요소와 선악을 오가는 영혼의 소통을 면밀하게 다루어 기이하고 환상적인 분위기의 작품을 만들어 냈다. 그뿐만 아니라, 과학·철학·심리학을 아우르는 창작술부터 인간의 죄의식과 공포심, 두려움과 불안감, 자기 파괴적인 음침하고 우울한 묘사에 이르기까지 그가 작품에서 보여준 여러 요소와 불가사의한 이미지 등은 많은 예술가에게 영감을 자극하는 전극이 되었다. 안타깝게도 포는 유례를 찾아보기 힘들 만큼 살아생전에 극심하게 폄훼되고 소외되었으나, 다행히도 후대에 와서 작가들의 작가로서 최상의 위치에 자리하게 되었다. 그 지대한 역할을 한 이들이 바로 프랑스의 비평가이자 시인이었던 보들레르와 시인 말라르메, 그리고 도스토엡스키 등이었다. 특히 말라르메는 보들레르가 번역한 포의 작품을 직접 원어로 읽어보고 싶은 욕심에 영문학을 공부했다는 설도 있다. 도스토옙스키는 포의 작품에서 깊은 인상을 받았다고 전해지는데, 《죄와 벌》을 읽다 보면 어딘지 모르게 포의 〈검은 고양이〉가 연상되곤 한다.

〈검은 고양이〉는 일인칭 소설이어서 몰입감과 긴장감이 넘친다. 허구임을 알면서도 광기 너머의 충동적 사실에 대한 진실에 관하여 독자에게 의구심을 품게 할 정도로 문체가 생생하다.

화자인 '나'는 내일 죽을 것이므로 오늘 영혼의 짐을 벗으려 한다고 선언하면서 이야기를 시작한다. 플루토는 내가 집에서 키우는 동물들 중 가장 좋아하는 고양이다. 고양이와 여러 해 우정을 나누는 기간 동안 나는 심각한 알코올 중독으로 타고난 기질의 근본적인 변화를 겪는다. 급기야 아내에게 폭력을 휘두르고 동물들을 학대한다. 그러던 어느 날부터 오랜 친구인 고양이가 나를 피한다는 느낌을 받는다. 거기다 나의 손을 할퀴는 일까지 생긴다. 순간 극심한 증오심에 사로잡힌 나는 작은 칼을 꺼내 아무 감정도 없이 고양이의 눈을 잔인하게 도려낸다.

다음 날 정신을 차리고서 취중에 했던 일이 어렴풋

이 기억났지만, 번뇌가 심하지는 않았다. 고양이도 천천히 회복되어 한쪽 눈이 없는 상태로 돌아다닌다. 한때 나를 그토록 좋아하던 고양이가 이제는 눈에 띄게 나를 피하자 한편으로는 서글프다. 그러나 곧 그 감정은 다시 분노로 바뀌고, 한 번 비뚤어진 성격은 마지막 파멸을 향해 치닫는다.

　　죄 없는 동물을 괴롭혔던 것에서 시작하여 결국 그것을 파멸에 이르게 한 것은, 자신의 본성을 파괴하고 악을 위해 악을 행하는 헤아릴 수 없는 영혼 그 자체의 욕구였다.

　어느 날 아침 나는 고양이의 목에 밧줄을 둘러 나뭇가지에 매단다.

　그날 밤 누군가 '불이야!'라고 외치는 소리에 놀라 잠에서 깬다. 커튼에 불이 붙어 타오르고 있다. 황급히 아내를 깨워 밖으로 나가서 보니, 집이 점점 불타오르고 있다. 아침이 되자 전 재산은 모두 재가 되어 사라졌다. 오직 최근에 석회를 바른 방의 한쪽 벽에 고양이 형상으로 보이는 흔적만이 또렷하게 새겨져 있을 뿐. 목 주위에 있는 밧줄의 무늬까지 선명하다. '불이야!'

라고 외친 순간 사람들이 뜰로 모여들었고, 누군가 나무에 목매어 있는 고양이를 발견한 뒤, 내 방의 열린 창문 안으로 던진 것이 틀림없다.

여러 달 동안 나는 죽은 고양이의 환영에 시달린다. 그러다가 선술집에서 플루토와 몸집이 비슷한 길고양이 한 마리를 만난다. 그 고양이도 검은 고양이다. 플루토와는 달리 가슴 전체를 덮는 흰 얼룩점이 있다. 고양이를 집으로 데리고 온다.

아내도 다시 고양이가 생기자 좋아한다. 하지만 또다시 발작이 시작되고, 나는 그 고양이에게서 플루토의 이미지를 본다. 고양이의 흰 점은 점점 선명해지더니 교수형에 사용하는 올가미 밧줄처럼 변한다. 거기에다 고양이가 무섭고 꺼림칙해질수록 녀석은 더 내게 들러붙는다.

어느 날, 아내가 지하실에 나를 따라 내려오고 있었는데 나는 고양이 때문에 하마터면 계단에서 넘어질 뻔한다. 또 분노를 참지 못하고 고양이를 도끼로 내려치려 하는데, 아내가 급히 내 팔을 붙잡는다. 악마처럼 화가 치민 나는 아내의 손을 뿌리치고 그녀의 머리에 도끼를 내려친다. 아내는 그 자리에서 즉사한다.

나는 아내의 시체를 지하실 벽 속에 감춘 후 회반

죽으로 벽을 바른다. 감쪽같이 다시 일상이 돌아왔다. 하지만 얼마 지나지 않아 이웃들이 아내가 사라진 것을 이상하게 여기고 경관들이 들이닥친다. 나는 태연하게 경관들이 원하는 대로 그들을 지하실에 데리고 간다. 그리고 나의 승리를 확인받고 싶은 마음이 든다. 이 집이 얼마나 잘 지어졌는지, 얼마나 튼튼한 집인지 갑자기 자랑하고 싶어져 미칠 것 같다. 참을 수 없는 허세 탓에 나는 손에 들고 있는 막대기로 그만 아내의 시체가 있는 벽돌 부분을 내리치고 만다.

아, 하느님, 악마의 독니로부터 나를 구해주소서! 내 외침 소리가 다시 울려 침묵 속으로 빠져들자마자 나는 무덤 속으로부터 들려오는 목소리의 대답을 들었다.

사람의 울음 같기도 하고 악마의 목울대에서 나오는 소리 같기도 한 울부짖음이 벽 뒤에서 새어 나온다. 경관들이 벽을 힘껏 무너뜨린다. 거기에는 말라붙은 시체 한 구가 사람들의 눈앞에 꼿꼿이 서 있다. 머리 위에는 시뻘건 아가리를 크게 벌린 외눈박이 고양이 한 마리가 매섭게 한쪽 눈을 치켜뜬 채로 웅크리고 있

다. 아내를 매장할 때 고양이도 산 채로 함께 넣었던
것이다.

이야기는 여기서 끝을 맺는다. 〈검은 고양이〉에서
화자가 아내를 도끼로 내리치는 장면에서는 마치 라
스콜니코프에게 발각되었다는 이유만으로 살해당한
《죄와 벌》의 리자베타가 떠오른다. 리자베타는 탐욕
스러운 전당포 노파의 이복 여동생으로 평생 구박받
고 살아온 여자였다. 아무 죄 없는 고양이 같은 존재였
다. 하지만 한번 손에 피를 묻힌 라스콜니코프는 언니
의 죽음을 목격한 겁에 질린(겁에 질린 '눈'으로 자신을 응시
하고 있었을) 리자베타를 도끼로 내리쳐 죽인다. 그야말
로 계획에 없던 살인이다.

〈검은 고양이〉에서 흥분한 화자인 '나'는 분노를 다
스리지 못해 아내의 머리에 도끼를 내리꽂았다고 고
백한다. 이성을 잃은 라스콜니코프가 자기모순에 빠
져 또다시 도끼 살인을 저지르는 것처럼, 〈검은 고양
이〉에서의 '나' 역시 죄 없는 고양이의 눈을 도려낸 이
후 거침없이 악행을 향해 질주하는 모습을 보인다. 죄
없는 고양이의 눈을 도려내면서 죄악의 실체가 모호
한 가운데 결국 한쪽 눈의 부릅뜬 진실과 마주하게 된

다. 그것은 주인공이 스스로 자초한 재앙으로, 견고한 벽이 와르르 무너지고 나서야만 맞닥뜨릴 수 있었던 무서운 실체다.

고양이의 눈동자는 우리가 가장 두려워하면서도 공포에 떠는 어떤 것, 하지만 한편으로 지키고 싶은 가장 소중한 그 무엇이 아닐까 생각한다. 그것은 '양심'일 수도 있고 바닥을 드러내야 보이는 마지막 '진실' 같은 것일 수도 있다.

에드거 앨런 포

1809년 미국에서 태어나 시인, 비평가, 소설가로 활동하다 1849년 볼티모어의 무언고 병동에서 사망했다. 포가 태어나던 해 아버지는 실종되었고 포가 두 살 때 어머니는 결핵으로 사망하여 한 담배 상인의 가정에 입양되어 성장했다. 1826년 버지니아 대학에 입학 후 도박과 음주로 방탕하게 생활하다 중퇴하고 양부모와도 사이가 급격히 나빠졌다. 1831년부터 미망인인 숙모와 그녀의 딸 버지니아와 함께 살면서 본격적으로 생계를 위한 글을 쓰기 시작했다. 《병 속의 수기》(1832), 《황금 풍뎅이》(1843)를 발표하여 문단의 주목을 받기 시작했다. 단편으로는 〈어셔 가의 몰락〉, 〈모르그 가의 살인 사건〉, 〈큰 소용돌이에 빨려들어서〉, 〈검은 고양이〉, 〈도둑맞은 편지〉 등이 있으며 《애너벨 리》, 《갈가마귀》 등의 시집을 발표했다. 인간의 어두운 면과 불안한 내면의 심리를 독창적이고 추리적 기법을 통해 표현했으며 정교한 구성과 섬세한 문체로 당대는 물론 후대 작가들에게 큰 영향을 끼쳤다.

평생 한 여자 또는 한 남자만을

사랑한다는 것은

이를테면 하나의 양초가

평생 탄다는 것과

다를 바 없지요.

- 레프 톨스토이, 〈크로이체르 소나타〉

당신의 아내는 살아 있습니까?

베토벤 하면 가장 먼저 헝클어진 머리칼, 광기 어린 눈동자, 그리고 동시에 천둥소리처럼 울려 퍼지는 압도적인 운명 교향곡의 선율이 떠오른다. 학창 시절 음악 공책 표지에는 언제나 강렬한 표정을 한 베토벤이 정면을 노려보고 있었다. 그는 클래식의 거장이면서 '불멸의 연인'으로 기억되는 음악가다.

하지만 세계적인 문호 톨스토이에게 베토벤은 그다지 위대한 예술가가 아니었나 보다. 〈크로이체르 소나타〉에서 베토벤의 음악이 부정적인 에피소드의 소재로 활용된 것을 보면, 그는 작곡가 베토벤의 음악을 선한 영향력을 끼치는, 예술적 가치가 탁월한 음악으로 보지 않았다는 것을 알 수 있다. 물론 그것은 톨스토이 개인의 취향이며 예술로서의 객관적 평가와는 무관하다.

톨스토이는 음악이 인간과 인간 사이의 영적인 교류를 가능하게 하는 통로 역할을 한다고 주장한다. 음악을 들음으로써 그 음악을 작곡한 사람이 머물던 정신적인 세계로 이동할 수 있다고 믿었다. 이런 영적 공감대가 청자의 정신에 영향을 미친다고 판단한 것이다. 이는 톨스토이가 삶과 죽음의 문제에 천착해 종교인으로서 새로운 삶을 선택한 후, 만년에 쓴 〈크로이체르 소나타〉속 화자의 입을 빌려 밝힌 예술관이다. 그러므로 〈크로이체르 소나타〉에는 기독교에 귀의한 톨스토이의 청교도적 관점이 소설 전반에 녹아 있다고 볼 수 있다.

소설의 구체적인 모티브가 된 음악은 바로 소설의 표제이기도 한 베토벤의 9번 교향곡 '크로이체르 소나타'다. 이 곡은 바이올린과 피아노가 대등한 위치에서 협주하는 소나타 곡으로 사랑과 결혼을 소재로 한 이 소설의 상징적 모티브로 사용되었다. '크로이체르 소나타'는 절정부에서 바이올린과 피아노의 연주가 마치, 서로를 향해 발톱을 치켜세우고 가슴을 할퀴며 달려드는 살쾡이와 목을 짓누르며 공격하는 성난 맹수의 싸움을 연상시킨다.

한국 근대소설 중 1930년에 김동인이 발표한 〈광염 소나타〉가 있다. 극단적인 유미주의 소설로, 음악이 방화와 살인 같은 특수한 강력 범죄와 연결되는 내용이 톨스토이의 〈크로이체르 소나타〉와 크게 다르지 않다.

최상의 아름다움을 전하는 음악이 최악의 잔혹한 살인에 영향을 주었다는 사실은 작품 속 주인공인 포즈드니셰프의 진술을 통해 드러난다. 그는 베토벤의 음악이 자신에게 결정적으로 살인 충동을 느끼게 했다고 주장한다. 아내를 죽이게 한 원인이 음악이었다는 말이다. 톨스토이가 생각하는 부정적인 예술관의 단면을 엿볼 수 있는 대목이다. 이는 셰익스피어가 말한 아름다움과 추함이 본래 하나라는 세계관과도 연결된다. 인간에게는 선과 악이 함께 공존하고 있고, 그 이중성으로 살아가는 것이 바로 인생이라는 해석이다.

인간과 삶을 통찰하는 눈은 이렇게 각기 다른 시대에 살았던 작가들을 하나의 길 위로 호출한다. 기차 안에서 펼쳐지는 남녀 간의 사랑과 결혼에 관한 논쟁이 그것이다. 유럽의 이혼 문제에서 촉발한 승객 간의 의견이 각자 다른 가치관으로 충돌한다. 점점 속도를 내며 달리는 증기기관차의 바퀴 소리가 여행객들 사이에 끼어들며 대화는 격정적으로 달아오른다. 잠자코 있던 주인공 포즈드니셰프가 문득 그들 사이에 끼어들어 남녀가 서로에게 집중해 몰두하는 시간이 얼마 동안일 것 같으냐고 묻는다. 머뭇거리며 아주 오랫동안 혹은 평생일 거라고 저마다 답하는 사람들을 향해 포즈드니셰프는 단 몇 달, 며칠, 채 몇 시간이면 끝난다고 일축한다. 그렇지 않다고 이구동성으로 항의하지만, 포즈드니셰프는 자신의 견해를 굽히지 않는다. 강경하게 그것은 권태의 문제라고 덧붙인다.

> 평생 한 여자 또는 한 남자만을 사랑한다는 것은 이를테면 하나의 양초가 평생 탄다는 것과 다를 바 없지요.

그러면서 포즈드니셰프는 불쑥 자기의 얼굴을 알아보는 듯한 한 남자(변호사)를 향해 자신이 아내를 죽인 사건의 주인공이라고 고백한다. 주인공의 이름 포즈드니셰프의 '포즈드니'는 러시아어로 '때늦은'이란 뜻으로, 소설에서 '용서받기엔 이미 늦어버린' 살인자의 죄의식을 상징한다. 즉, 주인공은 자신이 돌이킬 수 없는 범죄를 저지른 어리석은 인간임을 전제하고, 여행객들 앞에서 고해성사를 시작하는 셈이다. 이는 한편으로 자신이 한 살인이 치밀하게 계획된 것이 아닌, 자신을 키워 준 주인을 물어 죽이는 동물의 숨은 야생본능처럼 충동적으로 일어난 일임을 시사한다.

왜 이런 비극이 생긴 것인가에 대한 포즈드니셰프의 변명은 사회 전반에 만연한 방탕한 성 관념의 풍조와 그릇된 인식에 대한 비판으로 이어진다. 암묵적으로 남성에게 탈선을 조장하고 타락을 방조하고 부추기기까지 하는 사회의 모순과 부조리에 문제가 있다고 지적한다. 물론 그것을 무분별하게 수용하며 쾌락을 즐긴 자신의 무지한 행실에도 원인이 있다고 인정한다. 그러면서도 포즈드니셰프는 방탕했던 제 과거는 아랑곳없이, 아내가 될 여성에게는 지극히 까다로운 기준을 적용한다. 높은 도덕성과 순결함을 지닌, 정신적으로 완전무결한 여성으로 거기에 외모까지 부족함이 없는 여성을 찾아 구혼한다.

포즈드니셰프는 승객들과 논쟁을 시작하는 시점부터 정신적 사랑을 기반으로 하는 결혼은 애초부터 불가능한 것이라고 주장한 바 있다. 동시에 그는 허례허식으로 포장된 결혼 제도를 신랄하게 비판하면서, 결혼생활이란 정서적인 교감이 없는 단순한 욕망을 채우고 배설하는 동물들의 짝짓기 시기와 다를 바가 없었다고 증언한다. 마치 자기가 직면한 인생의 위기가 잘못 설계된 사회제도와 외부로부터 침입한 불행의 바이러스 탓인 것처럼 이야기한다.

승객들에게 자신의 이야기를 들려주던 포즈드니셰프는 문득 이런 말을 한다. 그날 아내가 자신이 찌른 칼에 죽은 것은 사실이지만 실제로 자기는 그보다 훨씬 전부터 이미 아내를 여러 번 죽여 왔다고. 다른 사람들도 자기처럼 지금 아내를 죽이고 있지 않느냐고 묻는다.

사실 살인 사건이 있기 전부터 포즈드니셰프 부부는 격렬하게 싸우고 서로를 증오하며 비난하는 전쟁 같은 나날을 보내고 있었다. 그러던 어느 날, 젊고 세련된 바이올리니스트가 이들을 방문한다. 오래전 음악 공부를 위해 도시로 떠났던 이웃의 아들이 돌아온 것이다. 그런 젊은 이웃이 바이올린을 켜고, 아내가 피아노를 연주하며 합주한다. 그 모습을 보며 주인공은 질투심과 분노에 사로잡힌다. 그들 사이에 흐르는, 음악을 통한 연대감이라는 이름의 친밀한 감정의 교류가 그에게는 서로를 희롱하는 합법적인 간통처럼 보였기 때문이다.

자신의 집에서 음악회가 열리던 날, 두 사람은 베토벤의 '크로이체르 소나타'를 연주한다. 곡이 점점 빠른 선율을 타고 흐르자 포즈드니셰프는 음악이 주는 자극이 두 사람을 영적인 합일로 맺어주면서 마치 최면에 걸린 듯 상대를 서로 매혹시킨다고 느낀다. 교묘하고 음탕한 감정이 그들 사이에 모종의 합의로 이어져 진척될 것이라는 확신이 생기자 주인공은 더욱 초조해한다. 그리고 급기야 회의차 여행을 떠나는 날, 일정을 바꿔 집으로 돌아온다. 집에 들어서자마자 그는 벽에 걸린 단검을 뽑아 들고 곧장 아내의 방으로 달려간다. 마침 아내와 젊은 이웃은 무도회에서 연주할 곡을 연습하던 중이었다. 순간 이성을 잃은 포즈드니셰프는 한 치의 망설임도 없이 칼을 휘두르며 달려들어 아내를 죽이고 만다.

법관은 그가 저지른 살인은 바람피운 아내를 둔 남편으로서 상처받은 명예를 지키려고 한 행위라며 무죄 판결을 내리고 훈방한다. 포즈드니셰프는 아내의 주검을 보고 나서야 자신의 죄를 자각하고 참회한다. 생명의 온기가 빠져나간 시신을 내려다보며 비로소 자기가 잊고 있던 하나의 인격체인 아내의 창백한 존재를 발견한 것이다.

〈크로이체르 소나타〉는 포즈드니셰프의 질투심에 대한 묘사가 워낙 섬세하고 치밀해서 공감을 불러일으킬 정도다. 음악이 주는 미묘한 심리 작용이 주인공의 질투심을 자극해 범죄로 이어지게 했다면, 톨스토이의 작품이 독자에게 미치는 영향은 그보다 더 광

범위하고 파격적이다.

이 작품이 발표됐던 시기를 고려하면 당시 사회에 얼마나 큰 충격을 주었을지 짐작하고도 남음이 있다. 독일 음악사의 자존심이라 할 수 있는 천재 베토벤을 능멸하고 당시 결혼제도를 정면으로 비판한 이 작품은 발표 직후 러시아 사회에 큰 파문을 일으켜 한때 금서로 지정되는 수난을 겪었다. 자유로운 미국 사회에서조차도 발췌 금지 목록에 지정될 정도였다고 한다. 당시 사회의 부조리함과 인간이 지닌 이중성을 통렬하게 고발했다는 점에서 위험한 책으로 간주되었을 것이다. 게다가 주인공은 베토벤의 '크로이체르 소나타'가 범죄의 동기가 되었다는 궤변을 늘어놓으며 음악이 지닌 무시무시하고 악마적인 속성에 대해 경고하지 않는가.

베토벤의 '크로이체르 소나타'에 영감을 받아 소설 〈크로이체르 소나타〉가 창작되었듯이, 이 소설 역시 타 예술 장르에 영감을 주어 새로운 예술 작품을 탄생시켰다. 바로 프랑스 화가 르네 자비에 프리네가 그린 같은 제목의 그림 〈크로이체르 소나타〉가 그것이다. 이렇게 음악, 문학, 미술 세 분야에 걸쳐 원작자의 의도와 별개로 본질적으로 다른 훌륭한 예술 작품이 존재하게 되었다. 이 소설은 '예술 장르 간의 상호 영향성'에 관해 논할 때 반드시 거론되는 중요한 작품이다.

또한 〈크로이체르 소나타〉는 현대인에게도 여전히 시사하는 바가 있는 작품이다. 특히 남자의 문란함은 성장기에 거치는 당연한 과정이고 여성의 순결과 정조는 필수이며 여성은 아름다워야 하고 자신을 관리하는 것은 기본 중의 기본이어야 한다는 개념부터가 잘못되었다는 주장, 도덕성을 강조하면서도 은근히 난봉꾼의 삶을 부추기는 사회의 모순된 행태를 비판하는 목소리가 그러하다. 남성의 이중성(성별에 따른 이중 잣대)에 대한 신랄한 비판이 아닐 수 없다.

톨스토이는 여성이 입은 옷의 단추 하나까지 섬세하게 묘사하며 욕망의 실체에 접근한다. 이렇게 치밀한 톨스토이의 언어는 바이올린과 피아노의 합주와 만나 더욱 극적인 긴장을 자아내며, 파국을 향해 질주한다.

포즈드니셰프의 뒤늦은 깨달음과 아픈 성찰이 오래도록 가슴에 울림을 준다. 서늘한 음악의 선율이 더욱 사무치게 들려오는 밤이다.

레프 톨스토이

1828년, 러시아에서 태어났다. 어린 시절 부모를 모두 잃고 법정후견인인 고모의 슬하에서 성장했다. 1844년 카잔대학에 입학했으나 대학 교육 방법에 실망하여 3년 만에 자퇴하고 귀향하여 농업경영 혁신과 농민 생활 개선을 위해 노력했지만 실패한다. 1852년, 〈유년 시절〉을 발표하고, 네크라소프의 추천을 받아 잡지 〈동시대인〉에 익명으로 연재하면서 창작활동을 시작했다. 1862년, 소피아 베르스와 결혼한 후 《전쟁과 평화》(1869), 《안나 카레니나》(1877) 등을 집필, 세계적인 작가로 명성을 얻었다. 그러나 《안나 카레니나》의 결말 부분을 집필하던 중 죽음에 대한 공포와 삶에 대한 회의에 시달리며 심한 정신적 갈등을 겪었다. 이후 원시 그리스도교에 복귀, 러시아정교회와 사유재산 제도를 비판하며 종교적 인도주의, 이른바 '톨스토이즘'을 일으켰다. 《부활》(1899)에서 러시아정교회를 비판했다는 이유로 종무원으로부터 파문당하고, 1910년(82세), 사유재산과 저작권 포기 문제로 부인과 불화가 심해지자 집을 나와 무작정 방랑길에 올랐으나 도중에 폐렴에 걸려 사망했다.

난 자고 싶은데
넌 춤을 추겠다는구나.

─────────────────

- 토마스 만, 〈토니오 크뢰거〉

내가 남몰래 사랑한 사람들은

†

현대인은 모두가 외롭다. 때로는 자신의 고독을 숨기고 사느라 바쁜 척하기도 한다. 예민하고 섬세해서 상처받기 쉬운 내면을 누구에게도 들키고 싶어 하지 않는다. SNS 피드를 보면 나도 모르게 주눅이 들 때가 있다. 내가 아는 모든 사람이 하나같이 찬란하고 눈부신 하루를 살아가기 때문이다. 불꽃 같은 삶을 살다 이른 나이에 세상을 떠난 수필가 전혜린의 문장처럼 그들은 모두 '대낮을 견딜 수 있는' 사랑을 하고 열정과 환희로 가득 찬 장미의 나날을 보내는 것처럼 보인다. 오직 나만 우울의 그늘에서 벗어나지 못하는 패배자가 아닌가 하는 의심이 든다.

글 쓰는 일은 작가에게 있어 심연의 가장 어두운 곳을 헤엄쳐야 하는 사색의 시간이다. 바다처럼 막막한 백지의 수심 아래로 서슴없이 몸을 던져 들어가야만 전복 같은 귀한 해산물을 채취할 수 있다. 수심 깊은 곳에서 해녀들이 오랜 시간 낮은 기압을 견디다가 잠수병을 앓는 것처럼 작가들의 우울도 일종의 직업병이 아닌가 싶다.

등에 멍에를 지고 밭을 가는 소처럼 예술가와 작가에게 있어 이 우울의 늪은 벗어나려야 벗어날 수 없는 숙명과도 같다. 이런 고뇌를 누구보다 잘 형상화한 작가가 있으니 20세기 독일 문학의 위대한 작가라고 평가받는 토마스 만이다. 토마스 만은 악마와 거래하다가 결국 정신적 파멸에 이르는 파우스트 전설을 현대적 시각으로 재해석한, 괴테의 《파우스트》의 계보를 잇는 소설 《파우스트 박사》를 탄생시켰다. 이 외에도 인간 실존에 대한 위대한 깨우침을 담아낸 《마의 산》, 시민사회의 주변인인 예술가의 운명을 그린 〈토니오 크뢰거〉등을 발표했다.

토마스 만은 일생 안데르센 동화에 심취해 있었다고 한다. 독일인 최초의 노벨문학상 수상자이며 독일 문학을 세계 문학사에서 한 차원 높은 경지로 승격시킨 토마스 만이 〈인어공주〉, 〈미운 오리 새끼〉, 〈성냥팔이 소녀〉를 쓴 덴마크의 동화 작가를 평생 동경했다는 사실이 믿기지 않는다. 하지만 그 자신이 대표작으로 꼽는 《파우스트 박사》에 그러한 숨은 취향이 여실히 드러난다.

〈토니오 크뢰거〉에도 '인어공주'의 모티브가 등장한다. 인간이 되고 싶었으나 끝내 소망을 이루지 못하고 물거품이 되어 버린 인어공주의 슬픔처럼, 평범한 사람들 속에서 소박한 한 사람의 시민으로 사는 삶을 누리지 못하고 문사(文士)라는 예술가로서의 고독한 직업인의 숙명으로 살아가야 하는 작가의 쓸쓸한 내면의 고백이 그것이다.

로렐라이 언덕의 나라인 독일 작가 토마스 만이 《인어공주》에서 예술가의 운명을 찾아내려던 시도는 그의 궤적을 통해서 유추해 볼 수 있는데, 〈토니오 크뢰거〉를 발표할 당시인 1903년, 소설 속의 토니오와 같은 여정으로 덴마크 여행을 다녀온 기록이 이를 뒷받침한다.

흔히 '인어공주'는 불가능한 사랑을 암시하는 상징적 모티브로 해석된다. 인어가 상반신은 인간이고 하반신은 물고기의 운명으로 태어난 중간자적 생명체이기 때문이다. 소설의 제목이면서 주인공의 이름이기도 한 '토니오 크뢰거' 또한 매우 양면적인 의미를 지닌다. 토니오는 남쪽의 라틴계를 크뢰거는 북독일을 가리키는 말이다. 그의 이름처럼 주인공은 서로 방향이 다른 두 세계를 지향한다. 예술가의 삶과 평범한 인간의 삶이 그것이다. 아이러니한 이름처럼 주인공 토니오는 어려서는 동성의 한스를 사랑하고 좀 더 자란 후에는 아름다운 금발의 소녀 잉에를 동경한다. 결국 두 사람 모두에게 진정한 마음을 얻지 못했지만 토니오는 그들로 인해 질투와 미움, 상실의 아픔을 배운다.

현대 문학계에서는 《인어공주》를 동성애의 은유가 숨어 있는 작품으로 해석하기도 한다. 인간이면서 인간이 아닌 인간 물고기의 형상이 마치 성소수자의 처지와 다르지 않다고 보는 견해다. 거기에 안데르센은 당대 사회에서 보기 드문 성소수자로서 양성애자라는 오명까지 뒤집어쓰고 있었다. 모태 신앙자인 자신의 종교적 신념에 정면으로 반하는 일이었다. 에드워드 콜린이라는 사랑하는 남자가 있었지만, 그 누구에게도 진실을 말할 수 없었던 안데르센은 결국 그가 결혼하자 실연의 아픔을 견디지 못해 홀로 섬에 들어가 버렸다. 이때 쓴 작품이 《인어공주》였다. 토마스 만이 그리는 '토니오 크뢰거'의 사랑도 양극단 사이, 얼음장 같은 정신성과 관능의 화염 사이를 불안하게 오간다.

열네 살인 영사의 아들 토니오 크뢰거는 겨울 해가 애처로운 빛으로 떨어지는 오후, 싸라기눈이 내리는 교정을 지나가고 있었다. 그는 외로웠고, 정상적이고 평범한 사람들에게서 따돌림을 받고 있었다. 토니오는 강철빛 푸른 눈동자에 고급스러운 해군복 상의를 입고 있는 한스를 보고 첫눈에 그를 동경하게 된다. 하지만 한스는 토니오에게 그다지 관심이 없다. 토니오는 한스와 가까워지고자 노력하지만, 기질상 다른 성격을 가진 두 사람은 끝내 거리를 좁힐 수 없다. 토니오는 사람들의 주목을 받으며 성장하는 한스에게 질투심을 느낀다. 하지만 가장 많이 사랑하는 자는 패배자라는 뼈아픈 각성을 하며 결국 현실로 돌아온다.

열여섯의 토니오는 댄스 수업 중에 만난 금발의 푸른 눈을 지닌 소녀 잉에보르크 홀름을 보고 사랑을 느낀다. 잉에 홀름은 의사의 딸로 토니오와 한스가 속해 있는 최상류층 그룹의 일원이기도 하다. 따스한 여운이 울리는 목소리와 주근깨가 앉은 콧등을 지닌 금발의 소녀를 본 뒤로 그에게는 새로운 사랑의 감정이 싹튼다. 그러나 다시 얼마 안 가 토니오는 이 사랑의 불꽃 또한 영원하지 않음을 깨닫는다.

토니오는 여러 대도시를 옮겨 다니며 살다가, 태양이 자신의 예술을 좀 더 풍요롭게 성숙시켜 줄 것이라 기대하며 남쪽 나라에 정착한다. 토니오를 그쪽으로 끌어당긴 것은 어쩌면 어머니의 피였는지도 모른다. 어머니 콘수엘로는 남편인 크뢰거 영사가 죽고 난 후 한 예술가와 함께 먼 남쪽 나라로 떠나 버렸다. 토니오는 평생 외롭고 고독한 삶을 숙명으로 받아들이고 살다가, 결국 명망 있는 작가로 성공한다. 어느 날 토니오는 격의 없이 지내는 친구 화가 리자베타 이바노브나를 방문한다. 그리고 그가 예술가로서 느끼는 고통에 대해 고백한다. 인간적인 것에 동참하지 않으면서 인간적인 것을 서술하느라 죽도록 피곤하다는 그에게 리자베타는 말한다. '당신은 길을 잘못 든 시민'이라고. 그녀는 자의식이 극도로 예민해져서 비탄에 잠긴 토니오를 위로한다.

가을 무렵, 토니오 크뢰거는 13년 만에 북쪽에 있는 고향으로 여행을 떠난다. 그는 회한에 찬 시선으로 슬픈 꿈길 같은 거리를 걷다가 어느덧 공공도서관으로 변한 고향 집에 도착한다. 자기의 방이었던 공간에 한 낯선 사람이 자리를 차지하고 앉아 있다. 변함없는 것은 오직 정원의 호두나무 한 그루뿐이다.

덴마크의 해변, 바다가 보이는 호텔에 머물며 토니오는 깊디깊은 망각의 상태에 빠져든다. 가끔 어떤 유래를 알 수 없는 슬픔이 몰려오곤 했다. 그리고 태양이 중천에 있던 어느 날, 반드시 일어나고야 말 그 사건이 찾아온다. 자신이 그토록 사랑했던 두 사람, 한스 한젠과 잉에보르크 홀름이 부부가 되어 그의 눈앞에 나타난 것이다. 호텔에서 무도회가 열리던 날, 어둠 속에 몸을 숨긴 토니오는 강철빛 푸른 눈과 금발의 머리칼을 지닌 그들을 엿보며 탄식한다. 내가 너희들을 잊은 적이 있었던가, 하고.

토니오는 자신이 간절히 짝사랑했던 두 사람을 바라보며 심장이 찢기는 고통을 느낀다. 왈츠가 흐르기 시작하자 토니오는 오랫동안 기억에 떠올린 적 없었던 시구를 읊조린다.

난 자고 싶은데, 넌 춤을 추겠다는구나.

한차례 춤이 끝나자, 토니오는 눈물 맺힌 눈으로 그들을 응시한다. 그들의 생기 넘치는 모습을. 실내에는 삶의 달콤하고 통속적인 4분의 3박자의 왈츠가 물결치듯 흐르고 있다. 그는 오래도록 남모르게 깊이 사랑하고 있었다. 금발에 푸른 눈을 지닌 사람들, 밝고 생기에 찬 행복하고 평범한 시민들을. 그리고 한낱 글쟁이에 불과한 문사를 진정한 작가로 만들어 주는 것은 이토록 평범한 이를 사랑하는 깊은 마음이라는 것을 깨닫는다.

예술은 고통과 인내로서만이 피어날 수 있는 고독한 시간의 산물이다. 시민들이 축배를 들고 거리에 나와 춤을 추는 시간에 작가들은 처절하게 자신과 사투를 벌이는 외로운 존재들이다. 작가의 그 괴로운 창작의 시간 덕분에 우리는 보다 인생에서 유용하고 아름다운 가치를 발견해 내고 희망의 출구를 찾기도 한다. 이것이 우리가 예술가와 그들의 작품을 더욱 사랑해야 하는 이유다.

토마스 만

1875년 독일에서 태어났다. 곡물상이자 시의회 의원의 집안에서 태어난 그는 아버지에게서 북독일적인 이성과 엄격한 도덕관을, 남국인인 어머니에게서 정열과 예술적 재능을 물려받았다. 유년 시절은 부유하고 행복했으나 아버지가 죽은 후 가세가 급격히 기울었다. 1893년, 자신이 발간한 《봄의 폭풍우》지에 처음 글을 실었으며 1901년, 첫 장편소설 《부덴브로크 가의 사람들》을 발표하면서 국내외적으로 이름을 알렸다. 이어 단편집 《토니오 크뢰거》(1903)를 출간했다. 〈토니오 크뢰거〉는 자전적인 요소가 담긴 소설이다. 1905년 뮌헨대 교수의 딸과 결혼했다. 1912년 폐병 증세가 있었던 부인이 다보스 요양원에 입원했는데, 그곳의 체험을 바탕으로 12년 만에 《마의 산》을 완성했다. 1929년 《부덴브로크 가의 사람들》로 노벨문학상을 받았다. 나치 정권의 박해, 공산주의자라는 누명을 쓰고 미국과 스위스로 이주지를 옮겨가며 지내다가 1955년, 스위스에서 사망했다.

사랑에 관해 뭔가 아는 것처럼 말할 때
우리가 이야기하는 것들에 대해선
창피해해야 마땅해.

- 레이먼드 카버,
〈사랑을 말할 때 우리가 이야기하는 것〉

우리가 사랑을 이야기할 때 신은 침묵한다

언제부터인가 사랑의 유효기간이 3년 남짓이라는 말이 돌았다. 그때부터였을까, 여기저기서 사람들은 그 마지노선에 대해 은밀한 대화를 나누기 시작했다. 권태기가 찾아온 것 같다는 둥 감정이 전과 같지 않다는 말들을 공공연히 하면서 어떤 경우에는 다른 이성에게 관심이 간다는 말을 하기도 한다. 그런 말을 들을 때마다 사랑이라는 감정에 대해 다시 생각해 보곤 한다.

정말 사랑에 유효기간이 있는 것일까. 크게 배신당하거나 완전히 실패한 것이 아니라면 진정한 사랑이란 죽음을 불사하는 운명적인 것이거나 무덤을 파헤치는 정도의 미친 것이어야 하지 않을까. 문학을 통해 만난 사랑은 대개가 그러했다. 《위대한 개츠비》의 개츠비는 오직 데이지라는 한 여자를 향한 순수한 일념으로 짧은 생을 살다 죽었고, 《폭풍의 언덕》의 히스클리프는 캐서린 언쇼와의 사랑을 이루기 위해 2대에 걸쳐 복수하고 워더링 하이츠를 소유하고도 캐서린의 무덤을 파헤쳐 관 뚜껑을 열었다. 유령이라도 좋으니 반드시 만나고 싶은 사랑이었던 것이다. 하지만 현실 속에서 그런 사랑을 한 사람을 직접 본 적은 없다. 다른 사람으로부터 비슷한 얘기를 들어본 적도 없다.

미국 코넬대학 인간행동연구소의 신시아 하잔 교수는 2년간 미국인 5천여 명을 대상으로 흥미로운 인터뷰를 했다. 사랑의 유효기간에 관한 조사로 연구팀은 이 연구의 제목을 '사랑은 900일간의 폭풍'●이라고 명명했다. 인터뷰 내용을 통해 이들은 1년 만에 사랑의 감정이 50퍼센트가 감소하고 이후로 열정이 계속 줄어듦을 증명했다. 일명 '사랑의 묘약'으로 불리는 도파민의 분비가 줄고 본능을 담당하는 원시뇌 즉 미상핵이 약해지면서 이성적 사고를 담당하는 대뇌피질 활동이 늘어나기 때문이다. 따라서 사랑의 감정이 유지되는 기간은 2년 6개월 정도에 불과하다는 것이다. 쓸쓸한 결론이 아닐 수 없다. 게다가 그 기간이 종족 번식을 위한 최소한의 기간 때문이라는데, 이 사실은 그간 사랑에 대해 품고 있던 환상을 무참히 깨버리는 것이기도 하다. 하지만 나는 여전히 과학이 내린 결론을 무조건 신뢰하지는 않는다.

그렇다면 이번에는 과학자가 아닌 작가의 결론은 무엇일까? 레이먼드 카버는 소설을 통해 서로 다른 견해를 지닌 인물들의 이야기를 들려준다. 카버는 짧고

● EBS 동영상 참조 (2014. 1. 1.)

쉬운 문장을 사용하는 작가로 유명하다. 사람들이 실생활에서 사용하는 일상어로 소설을 쓰겠다고 선언하고 이를 몸소 실천했다. 단편소설 〈사랑을 말할 때 우리가 이야기하는 것〉도 실제 부부들의 대화를 고스란히 베껴 적은 듯 사실적이다. 독자가 소설 속 인물들 사이에 앉아 그들의 입씨름을 지켜보고 있는 듯 아슬아슬한 기분에 휩싸이게 한다. 티격태격하면서 서로 눈빛이 부딪치고 테이블 위에 놓인 술잔이 갑자기 벽을 향해 날아가지는 않을까 조마조마한 마음으로 그들의 가시 돋친 대화를 엿듣게 된다.

소설은 두 쌍의 부부가 사랑에 관한 주제로 이야기 나누는 형식으로 시작한다. 닉의 관점에서 서술되며 그의 아내 로라와 이들의 집에 초대받아 온 부부인 심장 전문의 멜과 그의 두 번째 아내 테리가 등장한다. 네 사람은 자연스러운 분위기에서 진을 마시며 '진정한 사랑'에 관한 각자의 생각을 이야기한다. 이들은 모두 재혼 커플이다.

멜은 진정한 사랑이란 정신적 사랑과 다름없다고 생각하는 사람으로 의대에 가기 전에 신학교를 다녔다. 법률 사무소의 비서인 로라는 같은 곳에서 일하는 닉과 결혼한 지 2년이 채 안 된 상태다. 멜과 테리는 결혼 4년 차 부부다.

테리가 먼저 전남편의 이야기를 꺼낸다. 그는 자신을 너무나 사랑한 나머지, 죽이려 했었다는 것이다. 멜은 그것은 결코 온전한 사랑이 아니라고 말한다. 하지만 테리는 완고하게 그것도 나름대로 사랑의 방식이라는 것을 인정해야 한다고 맞선다.

테리의 전남편 에드는 멜을 죽이려고 했다. 그러다 테리가 완전히 떠났음을 깨닫고 실망한 나머지 쥐약을 마셨다. 급히 병원에 옮겨 겨우 목숨을 구한 후에도 에드는 꾸준히 두 사람을 위협했다. 22구경 권총을 구입한 것도 그들을 협박하기 위해서였다. 하지만 그 총은 자신을 죽이는 데 사용되었다. 죽은 전남편 에드를 두둔하는 테리와 극구 그런 테리를 비판하는 멜의 모습은 이들의 어딘가가 어긋나고 있음을 보여준다.

닉은 로라가 편안함을 느끼게 하는 여자라고 말한다. 이들은 멜과 테리가 대립하고 있는 동안에도 끊임없이 스킨십을 나눈다.

네 사람은 분위기를 환기하기 위해 건배를 한다. 멜은 테리와의 미래에 대해 확신이 없다. 그리고 그는 사랑에 대해서는 우리 모두 초보자인 것 같다고 결론을 내린다. 일상적으로 배려하는 감상적인 사랑이거나 충동적이고 육체적인 사랑은 크게 다르지 않다는 것이다. 멜은 말한다. 사랑은 결국 본질적으로 한시적인 것에 불과한 것임을 우리는 모두 인정해야 한다고.

사랑에 관해 뭔가 아는 것처럼 말할 때 우리가 이야기하는 것들에 대해선 창피해해야 마땅해.

멜은 병원에서 만난 어느 노부부 환자 이야기를 들려준다. 술에 취한 십 대 아이가 아버지의 트럭을 몰다 노부부가 몰던 캠핑용 차량과 정면충돌한 것이다. 아이는 사망하고 노부부는 그나마 안전벨트를 맨 덕분에 목숨을 부지하고 있었다. 하지만 만신창이여서 온몸이 성한 데가 없었다. 복합골절에 장 파열에 뇌진탕까지 있었다. 그들은 밤새 수술을 하고 온몸에 붕대를 칭칭 감고 있었다. 그야말로 눈과 콧구멍과 입만 내놓고 다리는 매달아 놓은 상태였다. 남편은 아내의 병세가 호전되고 있다는 것을 알게 된 후에도 이상하게 계속 예후가 나빠졌는데 원인은 심리적인 문제였다.

여기서 멜은 말을 멈추고 친구들을 한 사람씩 쳐다보았다. 그리고 숨을 한 번 토해 내고서 다시 말을 이었다. 노인의 문제는 고개를 돌려 늙은 아내를 볼 수 없다는 절망감이 너무 컸다는 것이다. 그것이 노인을 시시각각 죽음으로 몰아간 이유였다.

이것이 멜이 생각하는 사랑에 대한 가장 이상적인 형태였다. 하지만 그의 현실은 그다지 좋은 상황이 아니었다. 전처가 실업자인 남자친구와 동거하면서 아이들의 양육비와 생활비까지 요구하는 상황이었기 때문이다. 생판 얼굴도 모르는 남자와 자신을 배신한 여자를 위해 돈을 보내느라 그는 파산 직전이었다. 멜은 어느 날 아이들이 집에 없는 틈을 타, 전처를 응징하기 위해 양봉업자처럼 위장한 후 그 집에 들어가 벌 떼를 풀어놓고 싶다고 말한다.

술이 다 떨어지고 어느덧 실내가 어두워졌다. 아무도 움직이지 않았다. 오직 심장 뛰는 소리만 들렸다.

소설 속에서 이들은 소개한 내용보다 훨씬 더 많은 대화를 나눈다. 하지만 그들이 나눈 많은 이야기는 정작 마지막의 심장 소리보다 더 강렬하게 다가오지 않는다. 소설 전체를 압도하는 결말은 레이먼드 카버식 단편의 백미를 보여준다. 이상적인 사랑과 현실은 얼마나 큰 거리가 있는가. 하지만 어떤 사랑은 우리가 이해할 수 없는 침묵으로도 훨씬 더 많은 것을 이야기한다.

소설을 읽으면서 불현듯 치매에 걸린 내 아버지가 떠올랐다. 어느 날 아버지는 내게 말했다.

"나랑 결혼해 주세요. 부탁입니다."

깜짝 놀라 등줄기에 오싹 소름이 돋았다. 정상 상태가 아님을 알면서도. 딸에게 청혼을 하다니. 조금 뒤 나는 유쾌하게 대답했다.

"싫어요. 어차피 내일이면 다 까먹을 거잖아요."

그러자 휠체어에 앉은 아버지는 두 손을 공손하게 모으고 다시 한번 말했다.

"제가 동생들이 많아요. 장남이고 거기에 홀어머니입니다. 사실은 모아놓은 돈도 없어요. 그런데 장가를 안 갈 수가 없잖아요. 그쪽을 보고 첫눈에 반했어요."

그제야 아버지가 나를 보고 있는 게 아니라 돌아가신 내 어머니, 젊은 날 아버지가 맞선 자리에서 만난 처녀 시절의 어머니를 보고 있음을 깨달았다. 아버지의 무의식 속에는 여전히 어머니의 모습이 어떤 사랑의 기억으로 선명하게 살아 있던 것이다.

이 글을 쓰고 있는 지금, 아버지는 중환자실에 누

워 계신다. 생과 사의 갈림길에서 꿈을 꾸고 계시는 당신은 아마도 가장 행복했던 시간을 떠올리고 있을지도 모르겠다.

오래된 흑백사진 속 연인들이 첫 데이트를 하던 날이었다. 그들은 함박눈처럼 날리는 벚나무의 꽃잎들 사이로 손을 꼬옥 잡고 걸었다. 점심도 먹지 않고 석양이 질 때까지 걸었던 그들은 이후에도 평생을 함께 그 길을 걷고 또 걸었다. 사진 속의 한 사람이 석양 너머로 사라질 때까지. 그건 참 불가사의한 일이다. 사랑이란 우리 인간이 미루어 짐작하기엔 너무 어려운 신의 퀴즈가 아닐까.

레이먼드 카버

1938년 미국에서 태어나 가난한 노동자 가정에서 유년 시절을 보냈다. 20세기 후반 미국 문학을 대표하는 작가로 평가받고 있으며 1988년 폐암으로 사망했다. 레이먼드 카버는 미국 문단에서 '미니멀리즘 소설의 정점'으로 평가받으며 '헤밍웨이 이후 가장 영향력 있는 소설가'로 불린다. 그의 등장으로 미국 문학은 상류층 일변도의 삶을 묘사한 문학에서 하층민, 블루칼라 계급의 삶에 관심을 두게 되었다. 경제적 어려움으로 일과 글쓰기를 병행하느라 주로 단편 작업에 매진했고, 〈에스콰이어〉 지에 단편을 발표하며 주목받았다. 〈대성당〉 발표 후 문단의 총아로 떠올랐다. 소설집 《사랑을 말할 때 우리가 이야기하는 것》, 《대성당》, 《제발 조용히 좀 해요》, 시집 《울트라마린》, 《밤에 연어가 움직인다》, 《물이 다른 물과 합쳐지는 곳》, 《폭포로 가는 새 길》 등이 있다.

루드비크는 루치에에게
씻을 수 없는 모욕이자 악몽이고,
헬레나에게는
수치스러운 인간에 불과할 뿐이다.
어쩌면 루드비크 자신이 그들 사이를 떠도는
하나의 유령이었는지도 모른다.
공산주의라는 유령처럼.

— 밀란 쿤데라, 《농담》

어느 유령의 농담

장맛비가 세차게 쏟아지던 7월의 어느 날이었다. 버스를 타고 이동하던 중에 소설가 밀란 쿤데라의 타계 소식을 접했다. 불과 몇 년 전에 체코 국적을 회복했다는 기사를 봤는데. 기사에 의하면 쿤데라는 끝내 본국으로 돌아가지 않고 파리에서 생을 마쳤다고 한다. 아마도 그에게 체코는 더 이상 출생지 이상의 의미는 아니었나 보다.

간혹 반체제 작가들이나 생존을 위해 망명을 선택해야 했던 사람들, 추방된 예술가들에 대해 생각해 본다. 그들은 정치적인 이유로 자국에서 살아갈 법적 권리를 박탈당한 사람이다. 그것은 정의로운 일인가. 과연 그들은 그렇게 혹독한 처벌을 받아야 할 만큼 큰 잘못을 한 것인가.

아일랜드 출신의 작가 제임스 조이스는 37년 동안이나 고향 더블린을 떠나 망명자로 살면서 고향과 자기가 겪은 삶을 소재로 소설을 썼다. 칠레의 시인 파블로 네루다는 사회주의 정치가라는 이유로 노벨문학상을 수상하고도 끊임없이 암살설에 시달리며 국외를 떠돌다가 미스터리한 죽음을 맞았다. 유대인 시인 파울 첼란 역시 2차 세계대전 당시 고국인 루마니아에서 추방되어 강제수용소로 끌려가는 끔찍한 경험을 했다. 그래서인지 그들 작품에는 실존에 관한 고통스러운 응시와 절대 고독, 은둔자의 슬픔 같은, 평범한 사람들은 알기 어려운 심연의 우수가 서려 있다. 돌아갈 수 없는 시간과 보고 싶은 사람들에 대한 아련한 그리움이 섬세하게 묘사되어 있기 때문이리라.

러시아의 망명 작가 블라디미르 나보코프도 마찬가지다. 망명 작가들의 자유를 향한 뼈아픈 질문은 환멸이나 조롱의 얼굴로 형상화되기도 하고, 지독한 그리움은 금기의 대상을 향한 사랑처럼 누구에게도 이해받을 수 없는 고통의 방식으로 표출되기도 한다. 블라디미르 나보코프의 소설 《롤리타》에서 소아 성애자 험버트가 사랑한 소녀 롤리타의 이름이 돌로레스 (Dolores)●였던 것처럼. 그것은 드러낼 수 없는 자기 몸 깊은 곳의 치부, 즉 조국을 떠올릴 때마다 느껴야 했던 은밀한 고통이었을 것이다. 그런 까닭에 《롤리타》는 단순한 성애 소설이 아닌 지극히 정치적인 소설로 분류되기도 한다.

나보코프는 소설가이면서 한편으로 나비 표본 연구가였다. 그는 일곱 살 때부터 세상을 떠나기 전까지

● 스페인어로 '슬픔', '고통', '비애' 등을 의미한다.

평생 나비를 쫓아다녔는데 희귀종의 나비를 발견해 연구한 선구적인 나비 전문가로도 명성이 높다. 나보코프 일생을 떠올리면 장자의 호접지몽(胡蝶之夢)이 연상된다. 롤리타 같은 환상의 나비를 좇다 눈을 감은 노작가의 허무하고 덧없는 시선이 그려진다.

《농담》은 밀란 쿤데라의 첫 소설이다. 1967년에 장편소설 《농담》을 발표하면서 반체제 인사로 활동하기 시작한 쿤데라는 이 소설로 체코에서 블랙리스트로 분류되어 탄압받기 시작했다. 1968년 '프라하의 봄'에 참여하면서 모든 저서를 압수당하고 강연과 집필부터 출판과 관계된 일체의 활동 및 판매를 금지● 당했다.

공산당의 전체주의를 비판하는 《농담》은 총 7부로 나누어져 있다. 네 사람의 화자가 이야기를 끌어가는 형태로 구성되어 있는데, 그중 '루드비크'가 이야기의 주인공이다. 소설은 체코의 공산주의 정권 속에서 살아가는 평범한 청년 루드비크가 평소 좋아하던 여학생에게 장난으로 가벼운 농담 세 문장이 적힌 엽서

● 판금 조치는 1989년 '벨벳혁명'(체코의 비폭력 민주화 혁명)으로 체코의 공산정권이 무너진 후 해제되었다.

를 보낸 것이 화근이 되어 예기치 못한 상황으로 인생이 꼬이고 마는 이야기다. 루드비크는 실패한 공산주의 정권을 상징하는, 즉 체코의 과거사를 상징하는 인물이라 할 수 있다.

당에서 축출된 지 15년 만에 고향으로 돌아온 루드비크는 선명하게 그날을 기억하고 있다. 어떻게 잊을 수 있겠는가. 그는 기관총 사격을 기다리는 사람처럼 다리 위에 서 있었다. 1948년 2월, 공산당이 주도하는 새 정부가 들어서고 그 이듬해였다.

스무 살이라는 나이가 그렇듯 루드비크는 학교에서 인기 있는 한 여학생을 좋아했다. 마르게타라는 그 여학생은 고지식한 성격으로 유머를 모르는 타입이었는데, 당시는 체코의 각 학교에 공산당 학습 모임이 막 조직되기 시작하던 때여서 마르게타도 방학 때 당 교육 연수에 참여했다. 루드비크도 학생 연맹에서 요직을 차지하고 있었기에 그 구실로 그도 프라하에 남아서 마르게타와의 관계를 발전시켜 보려던 참이었다. 하지만 사정이 생겨 여의찮게 되고 마르게타는 연수원으로 떠난다. 나중에 그녀는 루드비크에게 자기가 얼마나 황홀한 일상을 보내고 있는지, 서유럽에 혁

명이 곧 도래할 것이라는 희망 가득한 내용이 담긴 편
지를 보내온다. 그것을 본 루드비크는 문득 질투심과
얄궂은 장난기가 발동하여 엽서에 이렇게 쓴다.

낙관주의는 인류의 아편이다! 건전한 정신은 어리
석음의 악취를 풍긴다. 트로츠키 만세!

진지하고 고지식한 마르게타에게 그것은 사소한
농담이 될 수 없었다. 학생 연맹에서 루드비크 제명 안
건이 정식으로 논의되기 시작했다. 그날 이후 루드비
크는 자신의 세계에서 추방당하고, 자기가 중요하게
여기는 모든 이에게 적이 된다. 친구와 가족도 잃고,
당에서 축출되고, 학업을 계속할 수 있는 권리마저 잃
는다. 마지막 기대감을 안고 자신과 마르게타의 성향
을 잘 아는 친구 제마네크를 찾아가지만, 그에게도 역
시 외면당한다. 제마네크는 바로 루드비크를 제명한
회의의 의장이었다.
삶의 연속성을 상실했다는 것, 그것이 루드비크에
게 가장 충격적인 일이었다. 학업을 멈추자 곧장 입
대가 기다리고 있었다. 루드비크는 정치범을 수용하
는 오스트라바 지역의 한 탄광 부대로 배치되었다. 그

곳 내무반에는 부농의 아들부터 프라하 변두리 노동자까지 다양한 삶을 살다가 온 이들이 있었다. 루드비크는 그들과 병영 생활을 하며 차츰 탄광촌의 일상에 익숙해졌다. 한동안은 탄광 노역 후 받은 수당으로 창녀를 찾아다니며 관능의 늪에서 허우적대기도 했다.

그곳에서 어느 날 그는 불우한 환경에서 자란 루치에라는 여성을 만나 사랑의 감정을 느낀다. 진심을 담아 수많은 편지를 보내고 때로는 시를 읽어 주었다. 하지만 루치에는 끝내 육체적인 결합만은 허락하지 않았다. 상처 입은 과거가 있는 루치에는 격렬하게 저항하며 루드비크를 밀어냈다. 루드비크가 아무리 적극적으로 다가가 집요하게 사랑을 갈구해도 허사였다. 그녀의 태도는 완강했다. 루드비크는 분노하며 그녀에게 욕설을 퍼붓고, 자신을 거부한 당, 동지, 학교를 떠올리며 자신도 모르게 그녀의 얼굴을 내리쳤다. 그리고 그는 그녀를 떠나 버렸다. 루드비크는 15년 동안 오로지 그녀만을 그리워하며 살아왔다.

그런데 기묘한 일이었다. 자기에게 숙소를 제공해 준 옛 친구 코스트카 박사가 안내한 이발소에서 우연히 루치에와 닮은 여인을 발견한 것이다. 면도를 해주는 동안 루드비크는 찬찬히 이발사 여자의 얼굴을 살

폈다. 루치에가 분명했다. 코스트카 박사에게 전화를 걸어 확인해 보니 역시 그의 짐작이 맞았다. 코스트카 는 루드비크에게 진실을 알려줄 때가 왔음을 느꼈다.

루드비크가 대학에서 추방되고 난 후 코스트카 또 한 자원해서 학교를 떠났다. 대학은 그의 자아비판 능 력을 높이 평가해 특별히 원하는 조건의 일자리를 마 련해 주었다. 그곳은 보헤미아의 한 국영 농장이었고, 그곳에서 코스트카는 노숙자 행색의 루치에와 우연 히 만났다. 아름다운 전원생활과 코스트카의 따뜻한 배려로 서서히 마음의 문을 열기 시작한 루치에는 그 에게 처음으로 자신의 과거를 고백했다. 지난날 상습 적으로 집단 강간을 당하고 감화원으로 보내진 사연, 탄광촌으로 가기까지의 고단한 여정과 묘지에서 꽃 을 훔친 이유까지. 루치에는 한때 자신의 인생에 찬란 한 빛으로 찾아온 한 사랑에 감사했으나 곧 그 또한 허 상이었음을 깨달았다고 말했다. 야만스러운 소년들의 얼굴과 광적으로 그녀의 육체를 탐했던 병사의 얼굴이 결국 다르지 않음을 인정해야만 했다고 말이다.

루드비크는 비로소 오랜 세월 자신이 그토록 그리 워하며 살았던 루치에가 자기와 완전히 다른 마지막 작 별의 기억을 간직하고 있었다는 사실을 알게 된다. 그것은 결코 용서받을 수 없는 또 다른 폭력의 상처였다.

루드비크가 헬레나를 만나게 된 것은 순전히 우연이었다. 라디오 방송국에서 기자로 일하는 헬레나가 인터뷰를 위해 찾아왔을 때 루드비크는 그다지 달갑지 않았다. 그녀가 제마네크의 아내라는 사실을 알고 나서도 마찬가지였다. 헬레나가 먼저 본능적인 호감을 내비치지만 않았더라도 일이 그렇게까지 되지는 않았을 것이다. 루드비크는 이제 모든 것이 운명이라고 믿기로 한다. 헬레나를 이용하여 빼앗긴 이의 고통이 무엇인지 제마네크에게 보여줄 차례라고 말이다. 루드비크는 제마네크에게 복수하기 위해 그의 아내인 헬레나를 유혹하려 한다. 하지만 헬레나는 제마네크와 이미 끝난 상태나 다름없었다. 아이러니하게도 루드비크는 제마네크의 새로운 연인을 보면서 비로소 그에게 자신이 완전히 참패했음을 인정한다. 삶이 자신을 조롱하고 있다고 말이다. 루드비크는 헬레나에게 사죄하며 결별을 선언하고, 이성을 잃은 헬레나는 다량의 변비약을 먹고 큰 소동을 치른 후에야 안정을 되찾는다. 우스꽝스럽게도 비장한 자살 시도는 하염없는 설사로 이어지고 비통해야 할 연인들의 엔딩은 화장실에서의 수치심만 남긴 채 끝난다.

루드비크는 자신을 비롯해 친구들 모두가 역사에 유린당한 삶을 살았다고 생각한다. 모두가 원했던 결백한 가치들은 더 이상 존재하지 않는다. 아들에게 전통문화 축제를 물려주고 싶었지만 거절당한 친구 야로슬라브와 고향의 악단도 마찬가지다.

루드비크는 마을에서 야로슬라브의 악단이 연주한다는 것을 알고 자신도 함께 연주해도 되겠냐고 청한다. 이렇게 이들은 오랜만에 함께 무대에 선다. 해질 무렵이 되자, 연주에는 전혀 관심 없는 술 취한 청중들만 남는다. 루드비크와 야로슬라브는 들판으로 나가자고 말한다. 그리고 아무도 없는 들판에서 예전에 그랬던 것처럼, 그들만을 위해, 그들만을 위로하기 위해 연주하자고 말한다. 하지만, 그들은 그 소박한 바람을 이루지 못한다. 야로슬라브가 악단의 연주를 마치지 못하고 땅에 쓰러졌기 때문이다. 심장마비가 온 친구를 안고 루드비크는 생각한다. 인간의 종말이 반드시 죽음의 순간과 일치하는 것은 아니라고.

그렇다면 인간의 종말은 언제 오는 것일까. 밀란 쿤데라가 말하고 싶은 종말은 아마도 삶의 연속성이 끊겨버린 순간, 즉 모든 신뢰가 갑자기 사라지고 눈부심과 희망의 빛이 차단된 바로 그 지점부터를 의미하는 것이 아닐까. 그렇다면 생물학적으로 살아 있더라도 삶의 가치들이 상실되는 순간 그는 이미 죽은 사람과 마찬가지가 된다. 루드비크는 자신에게서 그 가치를 앗아간 사람이 제마네크라고 생각해 왔지만, 오히려 자신은 더 많은 사람에게 과거에도 현재에도 심각한 가해자임을 비로소 깨닫는다. 루드비크는 루치에에게 씻을 수 없는 모욕이자 악몽이고, 헬레나에게는 수치스러운 인간에 불과할 뿐이다. 어쩌면 루드비크 자신이 그들 사이를 떠도는 하나의 유령이었는지도 모른다. 공산주의라는 유령처럼.

소설 《농담》의 에피소드는 실제 밀란 쿤데라가 프라하의 영화학부 시절 '반공산당 활동'이라는 죄목으로 공산당에서 추방당한 사건을 소재로 쓰였다. 그는 몇 년 후 재입당했지만 다시 추방당해 '프라하의 봄'에 참여했다. 밀란 쿤데라는 소설 속의 루드비크와 비슷한 사건을 겪었으나 완전히 다른 삶을 살다 간 셈인데, 희한하게도 그것이 그가 소설을 통해 보여 주고자 했던 '루드비크'라는 역사의 제물이 된 인간과 정면으로 배치되는 삶이어서 흥미롭다. 쿤데라는 소설 속 루드비크와는 달리 고국인 체코를 향해 뼈 있는 농담을 던 졌으며, 지난 역사에 상처 입은 존재들의 아픔을 돌아보게 했다.

1975년 쿤데라는 아내와 함께 프랑스로 망명하면서 체코의 국적을 박탈당했다. 이후 쿤데라는 자신의 고향은 프랑스라고 말하며 자신의 작품이 프랑스 문학으로 분류되기를 바란다고 공공연히 밝혔다. 그는 〈뉴욕타임스〉와의 인터뷰에서 "나는 고향이라는 개념이 결국은 환상이나 신화에 불과한 것이 아닌가 생각하곤 한다"라고 말했다. 그리고 그는 평생을 은둔자로 지냈다. 특별한 경우를 제외하고는 인터뷰도 거의 하지 않았다. 작가는 오직 작품으로만 말해야 한다는 것이 평소 그의 문학에 대한 지론이자 철학이었기 때문이다.

2019년은 이미 세계적인 작가의 반열에 올라선 90세의 쿤데라가 체코 국적을 회복한 해다. 체코의 총리가 파리에 거주 중인 쿤데라를 직접 찾아와 긴 설득 끝에 시민증을 전달했다.

쿤데라의 말처럼 대부분의 사람이 갖는 두 가지의 헛된 믿음이 있다. 그것은 기억의 영속성에 대한 믿음과 실수를 고쳐 볼 수 있다는 가능성에 대한 믿음이다.

첫 번째 소설 《농담》처럼 작가 쿤데라의 죽음도 많은 여운을 남긴다. 다시 프라하의 시민이 되었음에도 은둔하던 노작가는 끝내 고국인 체코로 돌아가지 않고 4년 뒤 프랑스 파리에서 숨을 거두었다. 쿤데라의 오랜 고독과 사색 속에서 쓰인 빛나는 작품들의 명예만이 그의 고향으로 돌아갔다.

밀란 쿤데라

1929년 체코슬로바키아 브륀에서 태어나 2023년 프랑스 파리의 자택에서 타계했다. 1968년 체코의 민주화 운동인 '프라하의 봄'에 참여, 교수직에서 해직당하고 저서가 압수되는 등 반체제 인사로 낙인찍혀 온갖 탄압과 수모를 겪었다. 《농담》과 《우스운 사랑》을 발표한 후 1975년 프랑스로 망명했다. 《농담》은 불역과 동시에 프랑스에서 큰 찬사를 받았다. 1984년에는 대표작 《참을 수 없는 존재의 가벼움》을 발표하여 세계적인 작가의 반열에 올랐다. 프랑스 메디치상과 프란츠 카프카상, 클레멘트 루케상, 유로파상, 체코 작가상, 코먼웰스상, LA타임스 소설상 등을 받았으며 노벨 문학상 후보로 매해 거론되었다. 그 외 작품으로는 《생은 다른 곳에》, 《불멸》, 《사유하는 존재의 아름다움》, 《느림》, 《정체성》, 《향수》 등이 있다.

참고문헌

- 다자이 오사무, 양윤옥 옮김, 《인간 실격》, 시공사, 2010
- F. 스콧 피츠제럴드, 박찬원 옮김, 《벤자민 버튼의 시간은 거꾸로 간다》, 펭귄클래식코리아, 2009
- 아베 코보, 김난주 옮김, 《모래의 여자》, 민음사, 2001
  · 이시 히로유키, 고선윤 옮김, 《모래 전쟁》, 페이퍼로드, 2023
- 테네시 윌리엄스, 김소임 옮김, 《욕망이라는 이름의 전차》, 민음사, 2007
  · 한수산, 《우리가 떠나온 아침과 저녁》, 앤드, 2021
  · 박인환, 「테네시 윌리엄스 잡기」, 〈한국일보〉, (1955. 8. 24)
- 레프 톨스토이, 박형규 옮김, 《안나 카레니나》, 문학동네, 2009
  · 시몬 드 보부아르, 홍상희·박혜영 옮김, 《노년》, 책세상, 2002
  · 한윤정기, 「문학처럼 소박하나 거룩했다, 묘비도 없는 톨스토이 무덤은」, 〈경향신문〉, (2008. 7. 4)
- 요한 볼프강 폰 괴테, 안장혁 옮김, 《젊은 베르테르의 슬픔》, 문학동네, 2010
- 버지니아 울프, 이미애 옮김, 《자기만의 방 · 3기니》, 민음사, 2006
  · 붉은여우 엮음, 손창용 감수, 《좋아하는 거장의 문장 하나

245

쯤》, 지식의숲, 2020

　· 이산하, 《악의 평범성》, 창비, 2021

● 캐서린 맨스필드 외, 김영희 편역, 《가든파티》, 창비, 2010

　· (사)한국언어문화예술진흥원 네이버 블로그, 고등문학
(소설해설), [서평]원유회 (가든파티)- 캐더린 맨스필드, 세
계 3대 걸작 단편의 작가

　· 시몬 베유, 윤진 옮김, 《중력과 은총》, 문학과지성사, 2021

● 레이먼드 카버, 김연수 옮김, 《대성당》, 문학동네, 2014

● 이언 매큐언, 우달임 옮김, 《체실 비치에서》, 문학동네, 2008

● F. 스콧 피츠제럴드, 김영하 옮김, 《위대한 개츠비》, 문학동
네, 2009

　· 손 어셔 엮음, 권진아 옮김, 《진귀한 편지 박물관》, 문학사
상, 2014

● 하인리히 폰 클라이스트, 진일상 옮김, 《버려진 아이 외》, 책
세상, 2005

　· 오에 겐자부로, 박유하 옮김, 《아름다운 애너벨 리 싸늘하
게 죽다》, 문학동네, 2009

● 표도르 도스토옙스키, 홍대화 옮김, 《죄와 벌》, 열린책들,
2009

　· 프리드리히 니체, 박찬국 옮김, 《아침놀-니체 전집 10》, 책
세상, 2004

● 이언 매큐언, 한정아 옮김, 《속죄》, 문학동네, 2023

● 기 드 모파상, 오스카 와일드 외, 박세형 옮김, 《유령 이야
기》, 미메시스, 2022

● 표도르 도스토옙스키, 김연경 옮김, 《지하로부터의 수기》,
민음사, 2010

· 김정아, 「도스또예프스끼의 〈지하생활자의 수기〉 연구-서술구조와 패러디를 중심으로-」, 서울대학교 대학원 노어노문학 석사학위논문, 1994. 2

· 권철근, 『지하로부터의 수기』 연구: 반영웅과 사회적 반란자 테마의 원형으로서의 '지하인', 한국외국어대학교, 2005

● 에드거 앨런 포, 홍성영 옮김, 《우울과 몽상》, 하늘연못, 2002

● 레프 톨스토이, 고일 옮김, 《크로이체르 소나타》, 작가정신, 2019

● 토마스 만, 홍성광 옮김, 《베네치아에서의 죽음》, 열린책들, 2009

● 레이먼드 카버, 정영문 옮김, 《사랑을 말할 때 우리가 이야기하는 것》, 문학동네, 2005

● 밀란 쿤데라, 방미경 옮김, 《농담》, 민음사, 1999

문학이라는   위로

초판 1쇄 인쇄 | 2023년 11월 2일
초판 1쇄 발행 | 2023년 11월 10일

지은이 은현희
발행인 박효상
편집장 김현
기획·편집 장경희
디자인 임정현

편집·진행 김효정
교정·교열 박정선
표지·본문 디자인 정정은
마케팅 이태호, 이전희
관리 김태옥

종이 월드페이퍼 | **인쇄·제본** 예림인쇄·바인딩 | **출판등록** 제10-1835호
펴낸 곳 사람in | **주소** 04034 서울특별시 마포구 양화로 11길 14-10(서교동) 3F
전화 02)338-3555(代) | **팩스** 02)338-3545 | **E-mail** saramin@netsgo.com
Website www.saramin.com

• 책값은 뒤표지에 있습니다.
• 파본은 바꾸어 드립니다.

© 은현희 2023

ISBN 979-11-7101-036-3 13800

우아한 지적만보, 기민한 실사구시 **사람in**